Der geklaute Garten

Gesine Schulz wurde in Niedersachsen geboren und wuchs im Ruhrgebiet auf, wo sie inzwischen wieder lebt. Weil sie Bücher mochte und die Welt sehen wollte, wurde sie Bibliothekarin und ging für ein paar Jahre ins Ausland: in die USA, nach Südamerika und nach Irland. Sie leitete, beriet oder reorganisierte Bibliotheken, war Frühstücksköchin in einem Hotel, entwarf und verkaufte Schmuck, eröffnete einen Trödelladen am Meer und nahm an Ausgrabungen teil. Inzwischen schreibt sie Kurzkrimis und Kinderbücher und verbringt nach wie vor viel Zeit in Irland.

Im Carlsen Taschenbuch sind von Gesine Schulz außerdem die Titel *Eine Tüte grüner Wind* (CTB 252) und *Privatdetektivin Billie Pinkernell: Fernando ist futsch* (CTB 420) lieferbar.

Gesine Schulz

Privatdetektivin Billie Pinkernell

Der geklaute Garten

CARLSEN

Für Tamara und Leonie,
die das Manuskript lasen und Billie mochten

Veröffentlicht im Carlsen Verlag
September 2006
Mit freundlicher Genehmigung des Ueberreuter Verlages
Copyright © 2003 Verlag Carl Ueberreuter, Wien
Umschlagbild: Dorothea Tust
Umschlaggestaltung: formlabor
Corporate Design Taschenbuch: Dörte Dosse
Gesetzt aus der Concorde von Dörlemann Satz, Lemförde
Druck und Bindung: GGP Media GmbH, Pößneck
ISBN-13: 978-3-551-36421-0
ISBN-10: 3-551-36421-4
Printed in Germany

Alle Bücher im Internet: www.carlsen.de

Inhalt

Eine unruhige Nacht 7

Moosmörder & Fensterglück 11

Die Bücherburg 16

Fischers Fritz 20

Im Netz gefangen 24

Das Verbot 39

Geheimnisvolle Post 44

Eine unglaubliche Nachricht! 47

Billie wird reingelegt 54

Ein neuer Fall 61

Flusskrebs mampft Rotbarsch 68

Billies Zeugenaussage 73

Das Verhör 82

Überhühner? 94

Die Zitrone im Katzenklo 100

Der Plan für die Nacht   106

Die Frage aller Fragen   112

Der Verdacht   119

Info aus der Bongo-Bar   130

Gelöste und ungelöste Fälle   135

Der Beweis!   142

Überführt von Billie Pinkernell   147

Die Geheimbotschaften und
ihre Auflösungen   153

Die Geheimschrift   155

Eine unruhige Nacht

Billie saß im Bett und ärgerte sich. Um ein Haar hätte sie den Bankräuber gehabt!
Der Kassierer hatte ein Geldscheinbündel nach dem anderen über die Theke geschoben. Der Räuber hatte das Geld gierig in einen Einkaufskorb gepackt und gar nicht gemerkt, dass sich die Privatdetektivin Billie Pinkernell von hinten an ihn herangeschlichen hatte. Gerade wollte sie das große Netz über ihn werfen, schon hatte sie es wie ein Lasso gewirbelt und Schwung geholt, da sagte jemand: »Au-au, mein Zeh!«, und Billie war aufgewacht. Hatte sich der Kassierer den Fuß gestoßen? Hätte er damit nicht warten können, bis der Räuber in Billies Netz gezappelt und sie ihn unschädlich gemacht hätte?
»Ist doch wohl ein Riesenpech, Sophie. Das musst du zugeben«, sagte Billie zu der grauen Katze, die zusammengerollt am Fußende des Bettes lag. Sophie zuckte mit einem Ohr. So viel konnte Billie im

fahlen Licht des Mondes gerade erkennen. Sie legte sich wieder hin, schloss die Augen und versuchte in den Traum zurückzukehren.
»Au-au, mein Rücken!«
»Nun sei doch still!«, zischte jemand.
Billie riss die Augen auf. Im Nu hatte sie ihr Federbett zurückgeworfen, war aus dem Bett gesprungen und stand am Fenster. Sophie krabbelte unter der auf ihr gelandeten Decke hervor und sprang mit einem Riesensatz auf die Fensterbank.
Behutsam öffnete Billie das angelehnte Fenster.
Der schmale Vorgarten der alten Villa lag im Dunkeln. Die Straßenlaternen im Kleopatra-Weg und überall in Rabenstein waren schon ausgeschaltet. Es musste nach Mitternacht sein. Billie konnte die Ampel unten auf der Hauptstraße sehen. Sie wechselte gerade von Rot und Gelb nach Grün, aber kein einziges Auto fuhr über die Kreuzung.
Ganz Rabenstein schlief.
Selbst in der Richtung, in der das Haus und die Autowerkstatt der Familie Ley lag, brannte kein Licht. Dabei las Loreley jetzt in den Sommerferien gerne bis tief in die Nacht hinein. Obwohl sie tagsüber schon kaum etwas anderes tat. Solch eine Leseratte

wie Loreley hatte Billie noch nie gesehen. Selbst in Berlin nicht, wo sie mit ihrer Mam noch vor kurzem gelebt hatte. Und das war immerhin die Hauptstadt!

Nein, ganz Rabenstein schlief. Nur Billie war wach. Die Kirchturmuhr schlug zwei. Gerade wollte Billie wieder ins Bett steigen, als sie ein Geräusch hörte und innehielt. Sie bekam eine Gänsehaut.

Sophie saß noch auf der Fensterbank, die Ohren nach vorne gebeugt, und sah auf die Straße. Langsam legte sie den Kopf schräg. Was sah sie?

Da war es wieder! Ein fürchterliches Stöhnen, ein Schnaufen und auf dem Bürgersteig schlurfende Schritte, die immer näher kamen.

Auf Zehenspitzen schlich Billie zum Fenster zurück. Eine Wolke schob sich vor das Gesicht des Mondes. In dem grauen Zwielicht meinte Billie eine Form zu erkennen: oval, wie ein kleiner Zeppelin, der über den Spitzen des Gitterzauns entlangzuschweben schien. Aber es war kein Zeppelin. Billie kniff die Augen zusammen. Es war ein riesiger Fisch, fast so groß wie eine Badewanne, der da vorüberzog. Ein Fisch, der aufglänzte, als ihn ein Mondstrahl traf. So, als sei er noch nass, als sei er erst vor

Minuten aus den Tiefen des Flusses aufgetaucht. Aber zu wem gehörten die Schritte, die ihn langsam begleiteten, wer stöhnte da unterdrückt und wer machte warnend »Pssssst!«?

Der Mond verschwand hinter einer Wolkenbank und Billie konnte nichts mehr erkennen. Sie blieb am Fenster stehen, bis die Geräusche der unheimlichen Prozession leiser und leiser wurden und Billie sie nicht mehr vom Wispern des Windes unterscheiden konnte.

»Du dicke Socke! Was war denn das? Ganz schön unheimlich, oder? Vielleicht träume ich ja noch. Könntest du nicht ein Gedicht aufsagen, Sophie? Oder ein Lied singen? Dann wüsste ich genau, dass ich träume.«

»M-mau!«, machte Sophie, sprang vom Fensterbrett und kehrte aufs Bett zurück.

»Na, das hilft mir jetzt aber kein bisschen«, meinte Billie und folgte ihr. Als sie schon fast wieder eingeschlafen war, hörte sie, wie der Motor eines Lasters angeworfen wurde. Der Wagen fuhr los, rumpelte auf die Straße und entfernte sich in die andere Richtung.

Moosmörder & Fensterglück

»Ich hab heute Nacht vielleicht komisch geträumt«, sagte Billie am Frühstückstisch zu ihrer Mutter.
»Erst von einem Bankräuber, das war ganz schön. Ich hätte ihn fast gefangen, mit dem großen Netz, das ich gestern auf dem Dachboden gefunden habe, weißt du, Mam?«
»Ja. Ich dachte allerdings, man breitet es über Beerensträucher, um die Früchte vor Vögeln zu schützen. Dass man damit auch Bankräuber fangen kann, ist mir neu.«
»Hat auch nicht geklappt. Weil dann dieser Fisch kam –«
»Fisch! Das ist es. Wir essen heute Fisch. Was hältst du davon, Billie? Mit Kräutern aus dem Garten.«
»Mit der Petersilie.«
»Nein, mit Rosmarin! Ich habe nämlich gestern einen Rosmarinstrauch im Garten entdeckt. Kann ich alles in den Backofen werfen, das kocht sich

dann wie von selbst, glaube ich. Würdest du nachher in den Ort gehen und etwas Fisch kaufen? Dann kann ich mich schon mit dem *Moosmörder* beschäftigen.«

Billie pustete auf den Kakao in ihrem Becher und nickte. Bevor sie vor ein paar Wochen nach Rabenstein gezogen waren, war ihre Mutter Lektorin in einem Berliner Verlag gewesen. Sie hatte wunderschöne Gartenbücher herausgegeben und davon geträumt, selbst mal einen Garten zu haben, in dem es *Blaue Blüten im Frühling* geben würde und *Aromatische Küchenkräuter aus dem Kräutergarten, Rasen wie Samt* oder *Das elegante Gartenhaus* – ganz wie in ihren Büchern. Dann war der Verlag verkauft worden und es gab viele Kündigungen. Auch Billies Mutter wurde arbeitslos. Zwei Monate lang versuchte sie vergebens eine neue Stellung zu finden. Zum Glück kam dann der Brief der Anwältin, aus dem sie erfuhren, dass Billie eine Erbschaft gemacht hatte: das Haus ihrer Urgroßtante Malwine, die alte Villa Pinkernell in Rabenstein.

Und so waren sie in dieser Kleinstadt im Westen gelandet, hatten jetzt Haus und Garten statt einer Wohnung mit Balkon. Der Garten war groß und verwildert. Hohes Gras wuchs auf den Kräuterbeeten; statt samtigem Rasen gab es eine Wiese. Vom Gartenhaus blätterte die Farbe und die Dielen knarrten. Aber das war Billie egal. In diesem Gartenhaus hatte sie ihr Detektivbüro eingerichtet. Mit einer kleinen Anzeige im *Rabensteiner Boten* hatte sie für Reklame gesorgt und auch schon zwei Fälle gelöst. Oder eigentlich zweieinhalb.*

»Hoffentlich meldet sich bald neue Kundschaft«, sagte Billie. »Ich hätte Lust auf einen schönen Juwelendiebstahl. Oder auf einen fiesen Hochstapler mit schwarzen Lackschuhen und einem Ferrari. Wäre das nicht toll, Mam?«

»Ja, fabelhaft.« Billies Mutter schaute mit abwesendem Blick in den Garten. Wahrscheinlich dachte sie schon über den *Moosmörder*-Artikel nach. So verdiente sie jetzt nämlich ihr Geld. Sie schrieb für die Putzmittelfirma *Blitzblank* über deren Produkte Artikel, die in der Kundenzeitschrift *Alles blitzblank* erschienen. Viel Spaß machte ihr das nicht. Aber sie bekam für jeden Artikel ein gutes Honorar und vorher schon zum Ausprobieren einen großen

---

* Lies nach in: »Fernando ist futsch«, *Privatdetektivin Billie Pinkernell.*

Karton des Produkts, über das sie schreiben sollte. Mit der ersten Sendung hatten sie 24-mal *Fensterglück* erhalten. Das war ein Glasreiniger. Und jetzt waren 24 *Moosmörder* angekommen. Spezialität: Beseitigung von unerwünschtem Moos auf Grabsteinen und Gartenwegen. Sie hatten beide Kartons auf den Dachboden geschafft. Dort hatten schon Urgroßtante Malwine und ihre Eltern kaputte Möbel und anderen Krimskrams abgestellt und vergessen. Auf ein paar Kisten mehr oder weniger kam es da nicht an.

»Und was für einen Fisch soll ich kaufen, Mam?«

»Tja ... ich weiß auch nicht. Heilbutt? Am besten fragst du im Fischladen, welche Sorte sich gut für den Backofen eignet. Es muss nicht die teuerste sein.«

»Okay. Dann lauf ich mal los.« Billies Fahrrad stand immer noch mit verbogenem Vorderrad und losem Schutzblech im Schuppen.

»Und sobald wir etwas Geld übrig haben, wird dein Fahrrad repariert, Billie, ja? Versprochen.«

Billie nickte und zog los. Hoffentlich würde sie bis dahin das Radfahren nicht verlernt haben! Es war so ein Pech gewesen, dass sie mit dem parkenden Auto zusammengestoßen war. Und hatte sich der Mann wegen der paar Kratzer vielleicht aufgeregt! Geschimpft hatte er und kein bisschen eingesehen, dass man nicht auf die Straße gucken *kann,* wenn man einen entflogenen grünen Papagei mit dem Fahrrad verfolgt. Gleichzeitig nach oben gucken und auf die Straße, das ging nun mal nicht.

Das mit dem Papagei war noch in Berlin gewesen. Ihr zweiter Fall, obwohl sie damals noch kein richtiges Detektivbüro hatte. Und eine doll hohe Belohnung hatte es gegeben! Leider hatte sie nichts davon gehabt. Die Autoreparatur hatte das meiste Geld verschlungen. Für den Rest hatte Billie ihrer Mutter eine extragroße Flasche Baldriantropfen gekauft. Weil ihre Nerven dringend beruhigt werden mussten.

»Was dir hätte passieren können, Billie! Eine Verfolgungsjagd, kreuz und quer durch den Verkehr ... Ich darf gar nicht darüber nachdenken.«

Über die Baldriantropfen hatte sie sich dann aber sehr gefreut. Sie hatte die Flasche sogar mit nach Rabenstein gebracht. »Für alle Fälle, Billie. Bei dir weiß man ja nie.«

Die Bücherburg

Billies erster Weg führte sie zur Bücherburg. So nannten die Rabensteiner ihre Stadtbücherei, weil sie von außen aussah wie eine kleine Ritterburg und innen voller Bücher war.

Frau Ness, die Bibliothekarin, war am Telefon. »Ja, habe ich notiert«, sagte sie. »›*Welche Sorte Zigarren raucht Fidel Castro am liebsten*‹ und ›*Das Klima von Kuba im Mai*‹. Sobald ich es herausgefunden habe, rufe ich Sie zurück, Herr Doktor Hugendubel. Ja, noch etwas?«

Billie schlich sich an der Theke vorbei zum schwarzen Brett für Erwachsene. Verflixt. Da hatte Frau Ness doch *wieder* die Fotokopie von Billies Zeitungsanzeige entfernt und an das schwarze Brett für Kinder umgehängt! Als würde Billie nur Aufträge von Kindern annehmen! So ein Quatsch.

DETEKTIVBÜRO BILLIE PINKERNELL
Kleopatra-Weg 13, GARTENHAUS
SERIÖS, DISKRET, PREISWERT
(KEINE GARANTIE)

Billie fand ihre Anzeige immer noch ziemlich gut. Die letzten beiden Zeilen hatte sie aus der Annonce eines Instituts für Kunsthaareinpflanzung abgeschrieben.

Schnell wie der Blitz hängte sie den Zettel zurück an das schwarze Brett für Erwachsene und rannte die Treppe hoch bis in die zweite Etage und weiter die schmale Wendeltreppe hinauf bis unters Dach, wo sich die Kinderbücherei befand.

Ausnahmsweise saß Loreley nicht auf dem Schmökersofa, sondern an einem der Tische. Sie schrieb etwas aus einem Buch ab, das vor ihr lag.

Billie zog einen zweiten Stuhl heran und setzte sich.

»Hallo, Loreley. Was machst du da?«

»Oh, hallo, Billie. Hast du schon einen neuen Fall?« Sie tippte auf das Buch. »Ich habe hier eine klasse Idee für eine Geheimschrift gefunden. Man muss sich für bestimmte Worte andere Worte ausdenken und alles genau aufschreiben. Da bin ich gerade bei.

Wenn ich fertig bin, bekommst du eine Abschrift. Und Tim auch. Dann können wir uns geheime Mitteilungen schicken und –«

»Och ... wir können uns doch wieder morsen. Wenn's überhaupt nötig ist.« Das mit dem Morsen hatte sie inzwischen wenigstens einigermaßen raus.

»Aber, Billie, dies ist eine Schrift!«

»Na, die Morsezeichen kann man doch auch aufschreiben.«

»Aber die kann dann jeder lesen. Oder fast jeder. So eine richtige Geheimschrift hingegen ist ganz schwer zu knacken.«

Billie hatte noch nie jemanden gekannt, der so verrückt nach geheimen Schriften, Signalen und Codes war wie Loreley. »Vielleicht solltest du Spionin werden, Loreley. Beim Geheimdienst würden sie sich bestimmt riesig über dich freuen.«

»Ach nein. Viel zu anstrengend. Über Spionage lese ich lieber gemütlich auf dem Sofa. Und diese Schrift probieren wir bei deinem nächsten Fall aus, ja? Oder besser schon vorher, damit nicht wieder so ein Kuddelmuddel herauskommt wie neulich.« Loreley kicherte. »›*Regin Pfiti Deksu*‹ ... das war wirklich witzig.«

»Ach! Das passiert mir bestimmt nicht noch mal. Weißt du zufällig, welcher Fisch billig ist und gut zum Backen?«

»Keine Ahnung. Rotbarsch vielleicht? Ich werde dich Rotbarsch nennen.« Loreley fing wieder an zu schreiben.

»Das passt viel besser auf dich. Mit deinen Haaren!«

»Stimmt. Aber da könnte jemand draufkommen. Rote Haare – Rotbarsch. Ich könnte ›Kugelfisch‹ sein. Weil ich doch dünn bin.«

»Du könntest auch ›Leseratte‹ sein«, sagte Billie.

»Okay.« Loreley strich *Kugelfisch* durch und schrieb *Ratte* darüber.

Billie schüttelte den Kopf. Wenn sie es irgendwie verhindern könnte, würde sie in ihrem nächsten Fall keine Geheimschrift brauchen. Außer, es wäre absolut hundertprozentig nötig – und zweihundertprozentig unvermeidbar. Schließlich war sie Privatdetektivin und keine Geheimagentin. Und in ihrem *Handbuch für junge Detektivinnen & Detektive* hatte sie das Kapitel *Geheime Schriften* immer überschlagen.

Und dann ihr Name: Rotbarsch … Hah!

Fischers Fritz

Zwei große Scheiben Seelachsfilet lagen im Kühlschrank. Mam würde staunen. Billie hatte die Filets zehn Prozent billiger bekommen, weil im Fischladen ausgerechnet heute *Fischers-Fritz-Tag* war. Einmal im Monat wurde jedem, der den Zungenbrecher beim ersten Versuch drei Mal hintereinander fehlerfrei aufsagen konnte, zehn Prozent von seiner Fischrechnung abgezogen! Billie hätte nichts dagegen, wenn der Laden das jede Woche anbieten würde. Den Satz konnte sie nämlich runterrasseln wie nichts. Dazu hatten sie letztes Jahr im Musikunterricht gerappt.
Fi-schers Fritz FISCHT
fri-sche Fische,
frische FISCHE fischt
Fischers FRITZ.
YOH!
Beim ersten YOH! war die Verkäuferin noch zusammengezuckt. Später hatte sie säuerlich gelächelt und

gemeint, so habe sich aber noch niemand seine zehn Prozent verdient. Na, sie würde sich daran gewöhnen müssen. Denn zehn Prozent waren schließlich zehn Prozent.

Schade, dass Herr Danziger heute Nachmittag nicht zu Hause war. Billie hätte ihn sonst gefragt, ob er mit ihr nicht ein paar Runden *Mensch ärgere dich nicht* auf der Terrasse spielen wollte.

Herr Danziger wohnte in der kleinen Einliegerwohnung der Villa Pinkernell. Weil er ein Freund von Urgroßtante Malwine war, durfte er umsonst dort wohnen. »Wohnrecht auf Lebenszeit« hieß das.

Bei ihrer Ankunft in Rabenstein waren Billie und ihre Mutter ziemlich enttäuscht gewesen, dass er nicht aus seiner Wohnung ausgezogen war. Eigentlich hatte er nämlich ins Altersheim gehen wollen. War er auch. Aber schon nach ein paar Tagen hatte er genug gehabt und war zurückgekommen. Deshalb konnten sie die Wohnung nicht vermieten. Dabei hätten sie die Miete gut gebrauchen können.

Inzwischen war Billie aber ganz froh ihn zum Nachbarn zu haben. Manchmal erzählte er ihr von früher. Er hatte mal in China gelebt – in Schanghai! Auch in Mexiko bei den Indios. Und in New York, aber nicht in einem Wolkenkratzer. Von ihm wusste Billie auch, dass es in Rabenstein einst die berühmte Schokoladenfabrik Pinkernell gegeben hatte. Sie war abgebrannt, als Urgroßtante Malwine noch ein Mädchen war. Das geheime Schokoladenrezept war damals spurlos verschwunden. Herr Danziger hatte gemeint, ob das nicht ein Fall für Billie sei. Aber das war ihr zu lange her. Sie war viel mehr an den Briefen interessiert, die Herr Danziger stapelweise erhielt. Woher kamen sie? Warum war er rot geworden und verlegen, als Billie ihn neulich auf die viele Post angesprochen hatte, die er bekam?

Er selbst schien nur wenige Briefe zu schreiben. Zweimal war sie ihm begegnet, als er auf dem Weg zum Postkasten war. Jedes Mal hatte er nur einen einzigen Brief in der Hand gehabt – einen cremefarbenen Umschlag mit einem goldenen Wappen darauf! Sehr vornehm sah das aus. Und irgendwie passte das gar nicht zu Herrn Danziger mit seiner schwarzen Baskenmütze und seinen Polohemden. Zu gerne hätte Billie mal einen gründlichen Blick auf dieses Wappen geworfen. Könnte doch sein, dass ein Geheimnis dahintersteckte. Wenigstens ein kleines.

Billie säbelte sich zwei Scheiben vom Steinofenbrot ab und nahm sie mit in den Garten. Sie würde in ihrem Büro essen. Oder vielmehr vor ihrem Büro. Denn das Gartenhaus hatte eine kleine Veranda, auf der ein alter, knarrender Korbschaukelstuhl stand. Darin konnte man sitzen und schaukeln, in die hohen Bäume gucken, dabei eine Scheibe von seinem Lieblingsbrot mampfen und auf Kunden warten oder über ein Geheimnis nachdenken.

Aber zuerst schloss Billie das eiserne Gartentor auf, das auf den breiten Weg führte, der den Kleopatra-Weg mit dem Friedhof verband. Sie trat hinaus und sah von rechts nach links und von links nach rechts.

Weit und breit keine Kundschaft in Sicht.

Der vergoldete Bilderrahmen am Tor hing noch gerade und sah eindrucksvoll aus.

Sie entfernte ein kleines Blatt, das sich in einem der Schnörkel des Rahmens verfangen hatte, hob ein zusammengeknülltes Stück Papier vom Weg auf, sah sich noch einmal um und ging zurück in den Garten.

Im Netz gefangen

Billie saß mit angezogenen Beinen im Schaukelstuhl und aß zu Mittag. Steinofenbrot aß sie zu gerne und am liebsten, wenn die Scheiben schon etwas trocken waren.
Sie hatte gehofft, Tim würde sich sehen lassen. Er kletterte meist über die Friedhofsmauer in den Garten und saß dann mit Vorliebe in dem Apfelbaum, der gleich neben dem Gartenhaus stand. Nicht mal Sophie war aufgetaucht, um ihr Gesellschaft zu leisten.
Ob sie mit dem großen Puzzle anfangen sollte, das Herr Danziger ihr zuletzt gegeben hatte? Es hieß *Expedition zum Amazonas* und sah ziemlich kompliziert aus. Jede Menge grüner Dschungelbäume, grüner Dschungelschlangen und Papageien, der sich windende Amazonas voller Krokodile und davor das Zelt, in dem die Forscher unter Moskitonetzen schliefen. Das mit den Netzen sah cool aus. Ob das

auch mit dem Netz ginge, das sie auf dem Dachboden gefunden hatte? Billie sprang auf und rannte zurück zum Haus.

Eine halbe Stunde später war sie mächtig frustriert. Soeben war das Netz zum dritten Mal runtergefallen. Nur die fünf roten Wäscheklammern klemmten noch am Schirm der Deckenlampe über Billies Bett.

»Du dicke Socke! Kannst du nicht einfach da HÄNGEN BLEIBEN?!« Sie stampfte mit dem Fuß auf. Und noch mal. Es hätte so *gut* ausgesehen. Ihr eigenes Moskitonetz! Außer dass die Maschen natürlich viel zu groß waren, um Moskitos abzuhalten. Aber sollten sich des Nachts mal Fledermäuse in ihr Zimmer verirren oder fliegende Fische, wäre das Netz bestimmt ein guter Schutz.

Billie öffnete das Fenster. Draußen war auch nichts los. Sie stützte ihre Ellenbogen auf das Fensterbrett, legte ihr Kinn in die Hände und ließ sich von der Sommersonne bescheinen. Der Blick hinunter auf den Marktplatz war durch das Grün der Bäume versperrt. Billie hoffte, dass sie eine klare Sicht hinunter haben würde, sobald im Herbst die Blätter fielen. Durch ihr Fernglas könnte sie dann vielleicht den

Marktplatz beobachten. An Markttagen war da immer viel los.

Überhaupt, es gab hier einfach zu viele Bäume. Von dem Haus, das weiter die Straße hoch stand, konnte sie nur ein Stück vom geschwungenen Giebel erkennen, die Haustür und zwei Fenster in der zweiten Etage. Gar nichts Interessantes. – Halt! Was war denn das? Ein Einbrecher?

EIN EINBRECHER! Endlich.

Der Einbrecher kletterte in eins der Fenster hinein. Billie beugte sich weiter hinaus.

Nein! Der Einbrecher kletterte aus dem Fenster *heraus!* Er war dabei, mit der Beute zu fliehen. Irgendetwas trug er auf dem Rücken. Einen Rucksack? Wieso nur hatte sie ihr Fernglas im Gartenhaus gelassen? Billie beugte sich weiter nach vorne. Ja, er trug einen Rucksack. Einen Rucksack voll mit Juwelen, Geld und Sparbüchern wahrscheinlich. Sie musste den Sheriff alarmieren.

Da! Er hing mit den Händen am Fenstersims und ließ sich in den Vorgarten fallen. Jetzt konnte sie ihren Beobachtungsposten auf keinen Fall verlassen, um zu telefonieren. Erst musste sie sehen, in welche Richtung er floh.

Der Einbrecher öffnete gerade das Gartentörchen, als ein Mann aus der Haustür trat. Er entdeckte den Verbrecher, hob drohend den Arm und rief etwas, das Billie nicht verstehen konnte. Der Einbrecher sah kurz zurück, dann rannte er los. Er überquerte die Straße und lief immer schneller bergab. Verfolgt von dem Mann näherte er sich der Villa Pinkernell!

Zum Glück war der Vorgarten der Villa Pinkernell schmal. Wenn sie genügend Schwung holte, könnte es klappen. Billie zog das Netz vom Bett, raffte es mit beiden Händen zusammen und stellte sich wieder ans Fenster.

Kurz bevor der Einbrecher auf ihrer Höhe war, hielt sie ihre Arme aus dem Fenster, winkelte sie an und ließ sie mit dem Netz nach vorne schnellen, so als würde sie eine Decke ausschütteln wollen. Sie ließ das Netz los und es flog ausgebreitet nach vorne, über die Sträucher und über das Eisengitter hinweg, bevor es niedersank. Den Einbrecher hatte es um ein paar Meter verfehlt. – Dafür war das Netz genau auf dem Verfolger gelandet.

»Was zum Teufel ist das?«, japste der. Er ruderte mit den Armen, verhedderte sich im Netz, stolperte und fiel hin.

»Hoppala«, sagte Billie. Da hatte sie wohl den Falschen erwischt. »Keine Angst!«, rief sie aus dem Fenster. »Ich komme schon.« Hoffentlich war der Mann jetzt nicht sauer.

Nein, er war nicht sauer. Er war nur völlig ausgerastet! Das hörte sie schon, als sie die Haustür öffnete und ihn noch gar nicht sehen konnte.

»Das habe ich alles dir zu verdanken«, schimpfte er. »Ich hätte mir die Nase brechen können! So ein Verhalten werde ich keinesfalls DULDEN. Ich werde MASSNAHMEN ergreifen, das kannst du mir glauben. Maßnahmen, die dir dein freches Grinsen aus dem Gesicht wischen werden.«

Billie eilte die Stufen vor der Eingangstür hinunter und trat auf den Bürgersteig. »Aber ich grinse doch gar –« Sie verstummte.

Der Mann im Netz meinte gar nicht sie. Er saß auf dem Boden, die Haare verwuschelt, die Brille verrutscht, und versuchte sich aus dem Netz zu befreien. Neben ihm stand der Einbrecher. Und *der* grinste!

Für einen Einbrecher sah er ziemlich jung aus. Dreizehn oder so. Hatte sie ihn nicht schon mal gesehen? Vielleicht war er der Kopf einer berüchtigten

Jugendbande und sein Fahndungsfoto hing auf der Post? Warum war er nicht weitergelaufen? Er hätte längst über alle Berge sein können.

Billie näherte sich vorsichtig. »Hallo … kann ich Ihnen helfen? Tut mir Leid, das mit dem Netz. Ich wollte eigentlich ihn erwischen.« Sie deutete auf den Jungen.

Der Mann hatte ein Netzende gefunden und wickelte sich aus. »Was für eine überaus hirnrissige Idee«, sagte er und stand auf.

»Wieso? Die Idee war doch gut. Ich hätte das Netz nur etwas eher loswerfen müssen, dann hätte es geklappt.«

»Möglicherweise hätte es das.« Der Mann rückte seine Brille zurecht und betrachtete Billie, als sei sie ein seltenes und etwas ekelhaftes Insekt. »Bist du so freundlich mir zu verraten, was dich bewegt, am helllichten Tag harmlose Bürger zu überfallen?«

»Ich wollte doch niemanden überfallen! Ich wollte nur den Einbrecher da fangen.«

»Er ist kein Einbrecher, sondern ein Ausbrecher. Außerdem ist er mein Sohn und ich wäre dir dankbar, wenn du dich nicht in unsere Familienangelegenheiten einmischen würdest.«

Sein Sohn ... Du dicke Socke, das war ja 'n Ding.
»Aber warum –«
»Und solltest du wieder mal glauben, einen Einbrecher entdeckt zu haben, empfehle ich dir die Polizei zu rufen. Dafür ist sie da, dafür zahle ich Steuern, und nicht zu knapp, das lass dir gesagt sein.«
»Ach, lass ihr doch den Spaß, Alter«, meinte der Junge. »Ich hab schon von ihr gehört. Billie Pinkernell. Sie spielt eben gerne Privatdetektiv.« Sein Lachen klang wie das Meckern einer Ziege.
Billie hob das Netz auf. »Ich SPIELE gerne *Mensch ärgere dich nicht*. Aber eine Privatdetektivin BIN ich. Merk dir das, du ... du Bronto-Stronto-Saurus!«
»Übrigens ist das hier eine *Armani*-Hose«, sagte der Mann und klopfte sich den Staub ab. »Und dreimal darfst du raten, wer die Spezialreinigung bezahlen wird.«
Da brauchte Billie gar nicht zu raten. Spezialreinigung – das hörte sich ziemlich teuer an. Das würde sie ihrer Mutter lieber erst nach dem Fisch beibringen.
»Es sei denn ...«, sagte der Mann. »Es sei denn, du nimmst dich einer kleinen Angelegenheit an, die mir

sehr am Herzen liegt. Dann vergessen wir das mit der Reinigung.« Er lächelte, aber es war kein nettes Lächeln.

Der Junge guckte interessiert.

»Ja? Was ist es denn?«, wollte Billie wissen.

»Es handelt sich um etwas, an dem ich trotz meiner nicht unerheblichen intellektuellen Fähigkeiten bisher gescheitert bin.« Er warf einen Blick auf seinen Sohn. »Finde einen Weg, diesen Hohlkopf hier dazu zu bringen, sich mit den Büchern auf seiner Sommer-Leseliste zu befassen. Dass er mehr als nur die erste Seite liest. Und später ein paar intelligente Sätze über den *Inhalt* des Buches sagen kann und nicht nur: ›War das nicht ein rotes Buch?‹, oder etwas ähnlich Schwachsinniges.«

»Ich glaub's nicht«, murmelte der Junge und fasste sich an den Kopf. »Echt, Alter, das geht zu weit.«

»Tatsächlich, Rupert? Das sollte mich freuen.«

Der Mann hatte wohl keine Ahnung von Privatdetektiven! »Was Sie suchen, ist ein Nachhilfelehrer«, erklärte Billie. »Wenn Ihnen etwas gestohlen worden wäre oder es ein Geheimnis gäbe, hinter das Sie kommen wollten, dann wäre es etwas anderes. Aber *so was* mache ich nicht!«

»Ach – ich glaube doch«, sagte der Mann. »Ich glaube doch, Billie. Schau – sehen wir da nicht ein kleines Loch in der Hose?«

Billie beugte sich vor und begutachtete die Stelle an seinem linken Knie, auf die er deutete. »Nein«, sagte sie erleichtert. »Ist alles in Ordnung.«

»Oh – ich glaube nicht. Nein, ich fürchte, die Stelle hat Schaden genommen. *Noch* ist es vielleicht kein Loch, lediglich eine aufgeraute Stelle. Ich muss mir jetzt überlegen, ob ich damit leben kann oder ...«

Oder? Billies Mund war mit einem Mal ganz trocken.

»Oder ob ich nicht eine *neue* Hose brauche. Du weißt, was eine *Armani*-Hose kostet?«

Billie nickte. Zumindest ahnte sie es: viel, viel Geld.

»Ja, ich sehe, du hast den Ernst der Lage begriffen.« Sein Lächeln wurde breiter und Billie sah einen Goldzahn aufblitzen. »Und Rupert: du auch, hoffe ich. Fünf Bücher von der Liste bis in drei Wochen oder zwei Monate kein Taschengeld.«

Rupert wurde puterrot im Gesicht, schlug die Augen nieder und blieb stumm.

»Damit wäre wohl alles geklärt, ja? Denk dir etwas

aus, Billie. Eine lohnenswerte Aufgabe.« Der Mann wandte sich zum Gehen, hielt aber noch einmal inne. »Wie nachlässig von mir. Ich habe mich noch gar nicht vorgestellt. Hugendubel«, sagte er. »Bertram Hugendubel. Du hast vielleicht schon von mir gehört?«

Billie wollte den Kopf schütteln. Hugendubel? Hugendubel ... Hatte nicht Frau Ness in der Bücherburg mit einem Herrn Hugendubel telefoniert?

Billie nickte langsam. »Kuba«, sagte sie.

Herr Hugendubel zuckte zusammen und starrte Billie an. »Was ... woher weißt du denn, womit ich mich gerade befasse? Das ist ja ... Woher weißt du das?«

Billie lächelte. »Nicht umsonst bin ich eine Privatdetektivin«, sagte sie, warf sich das Netz über die Schulter und ließ die beiden stehen.

Als sie in den Weg einbog, der zum Friedhof hochführte, hörte sie rasche Schritte hinter sich.

»Heh, Billie, warte«, rief Rupert. »Das war ja megacool! Ich habe meinen Alten noch nie stottern gehört. Woher wusstest du, dass er gerade was über ein kubanisches Buch schreibt?«

»Berufsgeheimnis«, sagte Billie. Sie hatte vorhin die Haustür hinter sich zufallen lassen und wollte zum

Gartentor. »Sag mal, dein Vater wird mir doch nicht im Ernst eine Rechnung für 'ne neue Hose schicken, oder?«

»Nee, eher nicht. Er zwiebelt Leute eben gerne. Sonst ist er ganz in Ordnung.«

»Hm«, machte Billie. Sie hatte eine Abneigung gegen Herrn Hugendubel gefasst.

»Nur wegen dieser Bücher, die ich lesen soll, ist er in letzter Zeit echt lästig. Heute hat er mich dann in mein Zimmer eingeschlossen.«

»Warum das denn?« Nie im Leben würde ihre Mutter sie irgendwo einschließen!

»Ach, er denkt, ich schade seinem Ruf. Mein Alter ist Literaturkritiker. Er macht eine Sendung im Radio und schreibt auch für Zeitungen. Bisher hat es ihn nicht besonders gekratzt, dass ich mich mit Büchern nicht so auskenne ...«

Sie waren am Gartentor angekommen.

»Tschüs, Rupert.«

»Nun warte doch mal! Er hat mich eingesperrt, damit ich diese bescheuerten Bücher lese. Weil er findet, dass ich ihn blamiert habe, als neulich die Frau von dieser Literaturzeitschrift bei uns zum Essen war. Er will *unbedingt* für sie schreiben und meint, es sei unsäglich peinlich gewesen. Dabei hat die Frau gelacht, als ich *Huckleberry Finn* für einen Rocksänger hielt.«

»Du meintest *Shinnberry Hucklefinn*.«

»Ja, hab ich verwechselt. Kann doch mal passieren. Und dass ich nicht wusste, wer *Die Schatzinsel* geschrieben hat, fand sie auch nicht schlimm. Nur mein Alter fing an zu schielen und meine Mutter verschluckte sich vor Schreck.«

»Ja, und?« Billie hatte genug von den Hugendubels. Sollten sie sich doch alle gegenseitig einsperren. Ob sie ihre Mutter überreden konnte, eine Pause vom *Moosmörder* zu machen und mit ihr schwimmen zu gehen? Im Freibad unten am Fluss, da waren sie noch nicht gewesen. Sie könnten schwimmen und planschen und rumkreischen und hinterher ein riesiges Eis essen, ganz so wie in Berlin.

»Öh ... Billie, hast du neulich diese Sendung im Fernsehen gesehen, über Gedankenübertragung, übersinnliche Fähigkeiten und so?«

Billie schüttelte den Kopf.

»War hochinteressant. Fiel mir wieder ein, als du plötzlich wusstest, dass mein Alter ein Buch über Kuba besprechen will, obwohl du ihm noch nie be-

gegnet bist. Ich meine nur, woher wusstest du das? Wie hast du das gemacht? War das vielleicht Gedankenübertragung oder so was ... hm?«
Billie lächelte breit.
»Ich dachte nämlich«, fuhr Rupert fort, »dann könntest du mir die Bücher irgendwie rüberfunken, so dass ich genau über sie Bescheid weiß, verstehst du?«
Billie legte eine Hand auf seine Stirn.
»Ey – was soll das?«, sagte Rupert.
»Ich wollte nur prüfen, ob du Fieber hast. Bücher rüberfunken ... Das ist wirklich eine abgedrehte Idee.«
»Du meinst, das war keine Gedankenübertragung?«
»Bestimmt nicht. Ich war vorhin in der Bücherburg und habe gehört, wie Frau Ness mit deinem Vater telefonierte.«
»Och, Mann!« Rupert stieß nach einem Kieselstein. »Schade. Das war meine letzte Hoffnung.«
»Was wirst du jetzt tun?«
»Mich durch diese Bücher quälen, wahrscheinlich. Denn mein Taschengeld brauche ich! Ich könnte natürlich auch abhauen.«

»Ja! Wie Huckleberry Finn auf einem Floß den Fluss runter. Das wär doch was!«

»Hat er gemacht? Wirklich? – Ach nee. Dann wäre ich genauso ohne Taschengeld. Da kann ich auch hier bleiben. Das Beste wäre, dir fällt was ein!«

Ein lauter Pfiff ertönte.

»Das ist meine Mam! Ich muss sausen. Tschüs, Rupert.«

»Deine Mutter pfeift nach dir? Du bist doch kein Hund.«

»Ich weiß. Aber das verrate ich ihr nicht«, sagte Billie mit einem Grinsen und öffnete das Gartentor. »Sie kann nun mal so laut pfeifen wie kein Mensch, den ich kenne. Und bevor sie sich die Kehle aus dem Leib ruft, schickt sie lieber einen Pfiff los, sagt sie.«

Rupert nickte. »Eine ganz gute Idee eigentlich. Wenn meine Mutter will, dass ich sofort komme, schreit sie immer: ›RuuuPERT!!‹ Das treibt mich zum Wahnsinn. Vielleicht kann deine Mutter ihr mal das Pfeifen beibringen.«

»Mh«, machte Billie. Irgendwie glaubte sie nicht, dass eine Frau, die Herrn Hugendubel geheiratet hatte, ein Talent zum Pfeifen hatte.

Auf dem überwachsenen Pfad, der sich durch den

Garten schlängelte, kam Billies Mutter ihr schon entgegen. »Da bist du ja, Schatz. Ich hatte gerade eine Idee: Warum gehen wir nicht schwimmen? Das Wetter ist so herrlich. Hast du Lust?«

»Ach, Mam!«, rief Billie und schlang beide Arme um ihre Mutter wie eine Anakonda frisch aus dem Urwald. Ob das jetzt Gedankenübertragung gewesen war?

Das Verbot

Weil sie die Stunden im Freibad so genossen hatten und weil das Thermometer um elf Uhr morgens schon auf 35 Grad Celsius geklettert war, wanderten sie am folgenden Tag wieder den Hügel hinunter zum Bad. Billie mit einer großen karierten Decke im Arm, ihre Mutter mit einem Essenskorb in der Hand.
Auf der Liegewiese am Fluss spendeten gelbe Sonnenschirme, die wie riesige Butterblumen aussahen, etwas Schatten. Hier verspeisten Billie und ihre Mutter nach dem Schwimmen ihr Picknick. Kühle Zitronenlimonade aus der Thermoskanne, hart gekochte Eier mit Senf und aufgeschnittene Tomaten, die sie mit dicken Scheiben Mozzarella-Käse belegten. Zum Nachtisch holte Billie vom Eismann zwei Knuspertüten voll Schokoladeneis.
»Morgen muss ich mich aber wieder dem *Moosmörder* widmen, Billie, so schön es auch ist, mit dir

hier zu sein. Denn spätestens Anfang der Woche wollen sie den Artikel haben.« Billies Mutter legte sich zurück auf die Decke.

»Ist schon okay, Mam. Vielleicht kommt Tim ja mit schwimmen. – Mamiiiiii?«

»Mh?«

»Kennst du eigentlich *Armani?*«

»Den Modeschöpfer? Ja, natürlich. Ich habe sogar ein Kostüm von ihm. Erinnerst du dich an das schicke graue, das ich mir geleistet habe, als ich den Bonus vom Verlag bekam, weil sich das Buch so sensationell gut verkauft hatte? *Die grüne Muse: Schriftstellerinnen und ihre Gärten.* Das war ein wirklich schönes Projekt. Hat Spaß gemacht.«

»War es sehr teuer?«

»Nun ja, billig war es gerade nicht, aber seinen Preis schon wert. All die ganzseitigen Farbfotos und –«

»Nicht das Buch, Mam. Das Kostüm!«

»Ach so. Ja, das war ziemlich teuer. Damals habe ich natürlich nicht ahnen können, dass wir das Geld bald für Wichtigeres brauchen würden.« Billies Mutter seufzte.

Billie seufzte auch. »Und kennst du einen Mann, der Bertram Hugendubel heißt?«

»Wird das hier ein Quiz? Ja, Bertram Hugendubel ist ein ziemlich bekannter Literaturkritiker. Neulich las ich sogar im *Rabensteiner Boten* eine Buchbesprechung von ihm. Hat mich erstaunt.«
»Er wohnt in Rabenstein, wahrscheinlich deshalb. Er wohnt sogar in unserer Straße. In Nummer 16. Ich mag ihn nicht.«
Billies Mutter lächelte. »Viele Leute mögen ihn nicht. Er ist oft brillant, kann aber sehr bissig sein. Nachtragend ist er auch. Er hat mal einem Schriftsteller gedroht, ihn auf Schadenersatz zu verklagen. Der hatte nicht viel Geld und bekam vor Sorge gleich zwei Magengeschwüre.«
Billie legte beide Hände auf ihren Magen. Vielleicht sollte sie sich doch lieber um Ruperts Problem kümmern. Mit Schadenersatz hatte Herr Hugendubel ihr ja auch gedroht. Und Sorgen machte sie sich ebenfalls. Darüber, ob sie ihm die Spezialreinigung bezahlen musste. Oder sogar eine neue Hose.
»Wie hast du ihn denn kennen gelernt, Billie?«
»Öhhh ... also, man *könnte* sagen, ich habe ihn gefangen.«
»Oh?« Billies Mutter setzte sich auf, schob ihre Sonnenbrille runter auf die Nasenspitze und sah

Billie an. »Gefangen? Ich ahne Schreckliches. Wie meinst du das?«

»Na ja. Er ist mir irgendwie ins Netz gelaufen. Vor dem Haus. Auf dem Bürgersteig. Und dann ist er hingefallen.«

»Trug er etwa eine *Armani*-Hose?«

Billie nickte.

Ihre Mutter schloss die Augen und ließ sich mit einem langen »Pfffffffftthh« zurück auf die Decke sinken. Es hörte sich an, als entweiche Luft aus einem Fahrradreifen.

Billie wünschte, sie hätte die Flasche Baldriantropfen mit in den Picknickkorb gepackt. »Mam, die Hose hatte *kein* Loch. Und nicht mal die Spezialreinigung muss ich bezahlen, wenn ich Rupert – das ist sein Sohn – bei einer kleinen Sache helfe.«

»Da bin ich ja beruhigt.«

»Kannst du auch sein, Mam. Ich habe die Sache voll im Griff!«

»Na gut. Aber, Billie: Von nun an fängst du niemanden mehr im Netz, ist das klar? Keine Literaturkritiker und auch sonst niemanden. Versprochen?«

Billie legte sich neben ihre Mutter. »Aber was ist«, flüsterte sie ihr ins Ohr, »was ist, wenn da ein Einbrecher langläuft und ich das Netz in der Nähe habe? Wenn keine Zeit ist, um die Polizei zu rufen – soll ich den dann laufen lassen?«

»Gut, das wäre vielleicht etwas anderes, wird aber wohl kaum passieren, nicht wahr, mein Schatz?«

»Mh«, machte Billie. Man konnte nie wissen.

Geheimnisvolle Post

Am nächsten Morgen wartete Billie auf den Briefträger. Sie saß auf den Stufen, die zur Haustür hinaufführten, und knabberte an einer Brotscheibe. Meist war er ziemlich pünktlich. Als er das quietschende Gittertor öffnete, sprang sie auf und lief ihm entgegen. »Guten Morgen, Herr Geiger! Ich komme gerade ganz zufällig hier lang. Darf ich Ihnen die Post abnehmen?« Er hatte einen dicken Stapel Briefe in der Hand. Bestimmt waren die für Herrn Danziger.

»Guten Morgen, Billie. Heute habe ich sogar etwas für dich höchstpersönlich. Hier.« Er drückte Billie einen wattierten braunen Umschlag in die Hand und warf die anderen Briefe in den Briefkasten von Herrn Danziger.

Verflixt! Es hatte wieder nicht geklappt.

»Wiedersehen, Billie.«

»Tschüs, Herr Geiger.« Morgen würde sie ihm auf

der Straße entgegengehen und ihm anbieten, alle Post für die Villa Pinkernell mitzunehmen. Sie würde diese Briefe eines Tages schon in die Hand bekommen!

Billie setzte sich wieder auf die Stufen und betrachtete den mit einigen Kilometern Klebeband geknebelten Umschlag. Von wem er wohl war? Es gab keinen Absender, nur die Anschrift und einen unterstrichenen Vermerk:

<u>Achtung:</u>	An die Privatdetektivin
<u>nur höchstpersönlich</u>	Billie Pinkernell
<u>öffnen!!!!</u>	Kleopatra-Weg 13
	Rabenstein

Billie schüttelte den Umschlag: Nichts klapperte. Sie hielt ihn ans Ohr: Nichts tickte. Es war gar nicht so einfach, das Ding zu öffnen. Gut, dass sie immer ein Taschenmesser bei sich trug! Billie bohrte und säbelte an dem Päckchen herum und beförderte schließlich einen kleinen weißen Umschlag ans Tageslicht. Er trug ihren Namen und war mit einem Klecks aus rotem Siegellack verschlossen. Billie riss ihn auf und holte ein beschriebenes Stück Papier und ein dünnes Notizbuch hervor, das nicht viel größer war als eine Streichholzschachtel.

Sie las den Brief. Ihre Augenbrauen kletterten in die Höhe und ihre Stirn kräuselte sich. Was war *das* denn?

Doris – gegrillter Rotbarsch? Oben das Kuddelmuddel für das vergammelte Telefonbuch – Zum Fressen – Eher schaumig??? Verkrümle dich mit acht Hühnern an der Hundehütte – Es lebe – die Ratte Hannibal*

Wer war Doris? Wer Hannibal? Und wer war der Verrückte, der diesen Brief geschrieben hatte? Vorsichtig öffnete Billie das Notizheft und warf einen Blick auf die erste Seite. »Ach *so!*«, sagte sie. Loreley hatte ihre Drohung wahr gemacht und ihr eine neue Geheimschrift verpasst …

Na, da würde sie später reinschauen. Nach dem Schock brauchte sie erst mal ihr Frühstück!

---

* Entziffere den Brief mit Hilfe des Codes auf Seite 155–158 oder lies die Auflösung auf Seite 153!

Eine unglaubliche Nachricht!

Beim Frühstück auf der Terrasse überlegte Billie, dass sie heute eigentlich gerne wieder schwimmen gehen würde. Die Morgenluft war schwer und warm und versprach einen heißen Tag. Irgendwie musste sie Tim auftreiben und ihn überreden, mit ihr ins Freibad zu kommen.

Er war nur so schwer zu erreichen! Seine Familie – Mutter, Stiefvater und zwei kleine Halbschwestern – war noch verreist und Tim wohnte bei der Haushaltshilfe, Frau Schröder. Nur, wenn Billie dort anrief, war die entweder nicht da oder sie hatte keine Ahnung, wo Tim sich gerade aufhielt. »Frag mich nicht, Kind«, hatte sie letztens gesagt. »Ich weiß nicht, wo der Junge immer abbleibt.«

Na, vielleicht würde er ja von alleine im Garten auftauchen. Loreley ging nicht schwimmen, wenn sie es vermeiden konnte. Schade!

»Mam, ich glaube, ich hole die Hängematte vom

Dachboden. Vielleicht kann ich den Riss darin irgendwie mit Bindfaden zubinden und sie dann zwischen zwei Bäumen aufhängen.«

»Unglaublich«, sagte Billies Mutter. »Das gibt es doch nicht!« Sie las Zeitung. Wahrscheinlich etwas über neue Steuern oder Kindergeld. Darüber konnte sie sich manchmal mächtig aufregen. »So etwas Merkwürdiges habe ich noch nicht gehört, Billie. Stell dir vor: Es ist ein Garten gestohlen worden, hier bei uns in Rabenstein!«

»Ein was? Ein Garten? Wie soll das denn gehen? Hast du richtig gelesen? Ist nicht vielleicht nur ein Gärtner entführt worden?« Mit Entführungen kannte Billie sich aus. In ihrem ersten Fall in Rabenstein war es um eine Entführung gegangen. Mit Erpresserbriefen und allem Drum und Dran.

»Nein, nein, Billie. Ich habe schon richtig gelesen. Hör zu:

Garten gestohlen!

Von unserem Reporter Kevin Meyers

Familie Ahlhorn traute ihren Augen nicht, als sie gestern aus den Ferien auf Borkum in ihr Haus zurückkehrte, das sie erst wenige Wochen vor ihrer

Abreise bezogen hatte. Der gesamte, erst kürzlich angelegte Garten war verschwunden! Selbst die Wasserpflanzen aus dem Teich wurden entwendet – wahrscheinlich gestohlen von derselben ruchlosen Bande, die in den letzten Tagen, oder besser gesagt: Nächten, in Rabenstein und Umgebung wertvolle Gartenskulpturen und eine Sammlung seltener Orchideen mitsamt dem Gewächshaus entwendet hat.

»Wir werden alles daransetzen die Täter zu fassen!«, sagte Rabensteins Hüter von Gesetz und Ordnung, Polizeioberkommissar Hildebrandt, als er gestern Abend von den entsetzten Hausbesitzern an den Tatort gerufen worden war. »Ich werde nicht dulden, dass diese Verbrecher unsere Stadt und die Umgebung in Aufruhr und Unruhe versetzen. Schon haben Bürger und Bürgerinnen angefangen in ihren Gärten zu schlafen, um ihr Eigentum zu schützen, was bei dem warmen Sommerwetter noch angehen mag, aber zu Frostbeulen und Lungenentzündungen führen kann, sobald es kälter wird.«

Na, die hohen, alten Bäume im Garten der Villa Pinkernell würde keiner stehlen können. Höchstens die Holzbank unter dem Birnbaum. Oder das *Gartenhaus!* Wenn nun jemand ihr Detektivbüro klauen würde? Das wäre ja ... »Eine Riesenkatastrophe!«, sagte Billie.

»Ja, die Ahlhorns können einem schon Leid tun. Es muss bei ihnen wieder aussehen wie auf einer Baustelle. Tiefe Erdlöcher dort, wo die frisch eingepflanzten jungen Bäume und Sträucher standen; ein Schlammloch, wo der Teich war, weil die Diebe die Wasserpflanzen samt der Teichfolie eingepackt haben. Wirklich unglaublich! Sogar die alten Ziegelsteine aus Frankreich, mit denen die Wege gelegt waren, wurden mitgenommen. Und ... nein, Billie, hör dir das an: Der Rasen ist ebenfalls weg.«

»Häh? Sie mopsen Grashalme?«

»Nicht einzeln, Billie! Der Rasen war nicht ausgesät, sondern fertig gekauft worden, zusammengerollt wie kleine Teppiche, mit denen man dann einfach die Fläche belegt. Und die Diebe haben ihn erneut zusammengerollt und mitgenommen. Die waren ja wirklich gründlich. Das Haus ist wie von einer Mondlandschaft umgeben, schreibt der Reporter. Frau Ahlhorn weinte. Ach je.«

»Mam, kann ich im Gartenhaus schlafen? Wenn sie einen ganzen Garten klauen –«

»Dann machen sie vor einem Gartenhaus nicht

Halt, meinst du? Ach, ich weiß nicht, Billie. Andererseits, es ist echter Jugendstil …«

»Nein, es ist mein Detektivbüro! Das lasse ich mir nicht klauen! Oder sie müssen mich mitklauen.«

»Na, *das* fehlte mir noch, mein Schatz. Da schlafen wir besser beide im Gartenhaus, das scheint mir sicherer. Wir legen einfach zwei Matratzen auf den Fußboden. So würden wir hoffentlich auch mitbekommen, wenn sie etwas anderes stehlen wollen. Das Gartentor zum Beispiel. Es gibt Leute, die bezahlen viel Geld für so ein schmiedeeisernes Tor, das noch aus dem 19. Jahrhundert stammt.«

»Oder mein Detektivbüro-Schild! Das hätten bestimmt auch viele Leute gerne. Den goldenen Schnörkelrahmen jedenfalls. Ich nehme es lieber ab, bis die Diebe gefasst sind. Aber – dann findet mich vielleicht jemand nicht, der mir einen tollen Auftrag erteilen will! Oder wenn er mich doch findet, dann kann ich ihn nicht in mein Büro bitten, weil das voller Matratzen und Bettzeug ist! AU MANN! Ich *hasse* diese doofen Diebe!«

»Da bist du sicher nicht die Einzige, Süße. Komm, trink einen Schluck von deinem Kakao. Das beruhigt die Nerven.«

Billie nahm einen Schluck. Wahrscheinlich war sie bald reif für die Baldrianflasche!

»Ach«, sagte ihre Mutter, »hier drucken sie eine Liste der Gegenstände ab, die in unserer Gegend in den letzten Tagen gestohlen worden sind.«

»Oh, die muss ich mir ausreißen! Was steht denn da?«

»Na, zum Beispiel das Orchideengewächshaus und ein antikes bayerisches Klo-Häuschen in Großrabenstädt ... eine Sonnenuhr ... Kutscherlampen in Rabennest ... und hier in Rabenstein vorgestern Nacht ein großer Bronzefisch, ein steinerner Löwe mit einem Wappen und eine –«

»HAH! DER FISCH!«, rief Billie und verschluckte sich an einem Brotkrümel. »Der Fi-hi-sch, Mam«, hustete sie. Tränen traten ihr in die Augen.

»Heb deine Arme hoch, dann löst sich der Krümel.«

Billie stand auf und hob ihre Arme hoch wie bei einem Überfall. Der Fisch! Du dicke Socke! Das war ja ein Ding!

Der Hustenreiz ließ nach. »Es war der Fisch, Mam!«, sagte sie mit einer Stimme, die so heiser war wie die von Al Capone.

»Nein, das glaube ich nicht, Billie. Wenn du gestern Abend eine Gräte verschluckt hättest –«
»Doch nicht der Seelachs! Der von nachts! Ich muss zum Sheriff! Ich bin 'ne Zeugin! Du dicke Socke! Tschüs, Mam!«

Billie wird reingelegt

Billie rannte ins Haus hinein, aus dem Haus heraus und die Straße hinunter. Das Polizeirevier befand sich in der Hauptstraße, neben dem Reisebüro Fernweh.

Sie war ziemlich außer Atem, als sie dort ankam. Der Sheriff würde staunen! Aber der Sheriff war gar nicht da. An der verschlossenen Tür hing ein Zettel.

```
  Bitte wenden Sie sich
   an das Reisebüro.
     POK Hildebrandt
```

»Polizeioberkommissar« bedeutete das. Mit Vornamen hieß Herr Hildebrandt nämlich Hildebrand.

»Der Sheriff ist am Tatort«, sagte die Frau im Reisebüro. »Am neuesten Tatort, sollte ich wohl sagen. Drüben am Fliegenpilzweg soll ein ganzer Garten verschwunden sein.«

»Ja, habe ich auch gehört«, sagte Billie. »Können Sie mir sagen, wo das ist?«

»Auf der anderen Seite vom Schokoladenhügel, zwischen Waldrand und Fluss.«

»So weit? Da muss ich ja den ganzen Weg zurücklaufen, den ich gerade gekommen bin! Das ist aber blöd.«

»Der Sheriff kommt heute Mittag auf jeden Fall vorbei. Um zwölf will er mal reinschauen, sagte er. Wenn deine Angelegenheit warten kann?«

»Nein, es ist ziemlich dringend.«

»Dann nimm dir doch ein Taxi.«

Ein Taxi! »Ach nein. Ich laufe lieber und beeile mich. Ich will nämlich eine Zeugenaussage machen. Wegen der verschwundenen Gartensachen.« Billie wandte sich zum Gehen.

»Heh, heh, warte mal! Wenn du wirklich etwas weißt, das der Polizei weiterhelfen kann, bezahle ich dir das Taxi. Schon drei Familien haben ihre Reisen abgesagt, weil sie ihre Gärten bewachen wollen! Wenn das so weitergeht, kann ich Eierfrau werden. Einen Moment. Ich rufe eins. Es ist gleich da!«

Und so kam es, dass Billie im Taxi zum Tatort fuhr. Der Fliegenpilzweg war eine schmale Straße, die am Rand des Waldes entlangführte, und das Haus der Ahlhorns das einzige weit und breit. Normalerweise war dies bestimmt eine ziemlich einsame Gegend. Heute tummelten sich hier allerdings viele Neugierige vor der Polizeiabsperrung, um einen Blick auf den Garten zu erhaschen, der nicht mehr da war. Als das Taxi heranfuhr und hielt, drehten sich alle Köpfe um, wandten sich aber gleich wieder ab, als Billie ausstieg.

Wen hatten die denn erwartet? Etwa die Königin von England oder die Bürgermeisterin von Rabenstein? Na, sie konnten ja nicht wissen, dass Billie eine wichtige Zeugin war. Vielleicht sogar die *einzige* Zeugin in dieser Verbrechensserie.

Billie drängelte sich durch die Leute hindurch, bis sie in der ersten Reihe stand, gleich vor der Absperrung.

Du dicke Socke! Hier sah es ja ganz schön wild aus. Das nagelneue Haus mit flachem Dach und riesigen Fenstern, die aussahen wie Wände aus Glas, stand mit der Rückseite nah am Wald. Der Garten hatte zwischen Haus und Straße gelegen. Jetzt war da außer viel zertrampelter Erde, einigen Löchern und ein paar mageren Sträuchern gar nichts mehr. Zwei Polizisten schritten mit gesenktem Blick das Gelände ab. Sie suchten nach Spuren. Bestimmt hatte der Sheriff sich die beiden aus Großrabenstädt ausgeliehen.

Das mit den großen Fenstern war ganz praktisch, so konnte man erkennen, dass im Wohnzimmer zwei Polizisten in Sesseln saßen. Sie unterhielten sich mit einem Mann und einer Frau auf dem Sofa. Der eine Polizist machte Notizen. Der andere stand auf. Es war Herr Hildebrandt! Wenig später trat er aus der Haustür und sprach kurz mit einem der Spurensucher. Billie tauchte unter der Absperrung durch und wollte auf ihn zugehen, als ein kleines Mädchen mit langen blonden Zöpfen um die Hausecke bog. Es zupfte den Sheriff am Ärmel. Der beugte sich zu ihm hinunter, nickte erst und schüttelte dann den Kopf.

Leider war Billie noch zu weit weg, um hören zu können, worum es da ging. Der Sheriff wollte gehen, aber das Mädchen hielt ihn am Hosenbein fest.

»Dafür habe ich jetzt wirklich keine Zeit, mein Kind«, sagte er laut.

Das Mädchen verzog sein Gesicht und fing an zu weinen. »Huhuhuuuuu! Ich w-w-will sie aber wie-hie-der-ha-haben! Huhuuuuu ...«

Billie schüttelte den Kopf. Der Sheriff sollte wirklich ein bisschen netter zu der Kleinen sein.

Nun hockte er sich vor das schluchzende Mädchen.

Billie ging ein paar Schritte näher ran.

»Schau, Doro«, sagte er. »Die Polizei kann nicht –« Sein Blick fiel auf Billie. »Aaaah, Billie! Du kommst wie gerufen.«

»Ach ja? Haben Sie schon gehört, dass ich –«

Er stand auf und nahm das kleine Mädchen an die Hand. »Doro, das ist Billie Pinkernell, eine berühmte Privatdetektivin.«

Doro hörte auf zu weinen und sah Billie an.

»Och«, sagte Billie. »Berühmt ... ich weiß nicht.«

»Sie ist auch eine *sehr gute* Privatdetektivin.«

Was war denn mit dem Sheriff los? »Herr Hildebrandt, wegen Montagnacht, als der Fisch aus Bronze gestohlen wurde, da –«

Der Sheriff verdrehte die Augen. »Billie. Wir haben wirklich viel zu tun. Ich kann verstehen, dass du dich für die Diebstähle interessierst, aber das ist *keine* Angelegenheit für Kinder. Du hältst dich da bitte raus.«

»Aber ich hab doch was gesehen! Montagnacht! Ich bin eine Zeugin!«

»Was hast du gesehen?«

»Na, wie der Fisch aus Bronze gestohlen wurde! Erst dachte ich, es sei ein Traum, weil da vorher dieser Bankräuber war, den ich mit dem Netz fangen wollte. Aber als meine Mam mir das über den Fisch heute Morgen aus der Zeitung vorlas, da wusste ich –«

»Da wusstest du, dass ein Bankräuber den Fisch mit einem *Netz* gestohlen hat? Und diesen Garten wahrscheinlich auch, ja? Dass wir da nicht selber draufgekommen sind!« Der Sheriff schlug sich mit der Hand vor die Stirn.

»QUATSCH!«, rief Billie. »Der Bankräuber war im Traum. Aber den Fisch habe ich GESEHEN und einen der Diebe habe ich GEHÖRT! Er sagte ›Au-au, mein Zeh!‹, und später, nein, es war vorher, da –«

Der Sheriff lachte. »›Au-au, mein Zeh‹, so? Wirklich höchst verdächtig. Das muss ich sofort meinen Kollegen erzählen.« Er lachte wieder. »Aber im Ernst, Billie: Du mischst dich da nicht ein, verstanden?«

»Aber –«

»Doch ich wäre dir dankbar, wenn du dich um … um einen, sagen wir, Nebenaspekt dieses Falles kümmern würdest. Das wäre eine große Hilfe.«

Billie blieb stumm.

»Das ist Doro, die Tochter der Ahlhorns. Und sie vermisst auch etwas, seit sie gestern Abend aus den Ferien zurückgekommen sind. Es wäre schön, wenn du dich darum kümmern würdest. Wir sind einfach überlastet.«

»Hm«, sagte Billie. Überlastet. »Na gut. Was soll ich denn suchen?«

»Meine Gartenfee«, sagte Doro. »Die Diebe haben sie einfach mitgenommen.«

»Eine GARTENFEE?!?« Billie sah den Sheriff an. Er hatte sie reingelegt!

Der Sheriff zuckte mit den Schultern. »Vielleicht lässt sich die Fee ja mit dem Netz einfangen. Bei Vollmond! Wenn die Turmuhr gerade Mitternacht schlägt!« Mit einem Lächeln ging er zurück ins Haus.

So was Gemeines! Sie hier mit der Kleinen stehen zu lassen, damit sie ihr erklären musste, dass Privatdetektivinnen nicht für verschwundene Feen zuständig sind. Bestimmt würde Doro wieder weinen. Und alle Leute würden gucken und denken, dass Billie zu einem Kind grausam war.

Ein neuer Fall

»Wo können wir denn in Ruhe reden, Doro?«
»Willst du mit in mein Zimmer kommen, Billie Pinkernell?«
»Okay.«
Doro nahm Billie an die Hand und führte sie zur Haustür. Ihr Zimmer befand sich auf der Rückseite. Durch die riesigen Fenster hatte man fast das Gefühl, schon im Wald zu sein.
»Manchmal sehe ich Rehe«, sagte Doro, »Hasen auch.«
Es gab nur ein hölzernes Hochbett, einen roten Kleiderschrank und ein blaues Spielzeugregal. Billie setzte sich auf den Fußboden. »Doro, wegen deiner Gartenfee … öh, vielleicht kommt sie ja von alleine zurück.«
»Von alleine?«
»Na ja, vielleicht hat sie sich erschreckt, als die Diebe kamen und den Garten klauten. Kann doch

sein, dass sie in den Wald geflohen ist, zu den Hasen und Rehen. Wenn sich hier alles beruhigt hat, kommt sie sicher zurück.«

Doro stand mit verschränkten Armen und zusammengezogenen Augenbrauen vor Billie.

»Ja, Doro, spätestens wenn euer Garten wieder voller Blumen und Pflanzen ist, wird sie zurückgeflogen kommen. Bestimmt.«

»Sie hat aber gar keine Flügel.«

»Nein? Tja ...«

»Nein, sie hat ein Springseil.«

Billie stand auf. »Dann kommt sie eben zurückgehüpft, ist doch egal. Ich muss jetzt gehen, Doro.«

»Du bist aber ziemlich dumm, Billie Pinkernell. Wie soll sie denn hüpfen? Sie ist doch aus Blech.«

Billie setzte sich wieder. »Aus Blech?«

»Ja. Hast du vielleicht gedacht, sie ist eine richtige Fee? Die gibt es doch nur im Märchen!«

»Das weiß ich natürlich! Ich wusste nur nicht, ob du es auch weißt.«

»Ja, weiß ich! Aber ganz sicher bin ich mir nicht. Manchmal glaube ich, es gibt vielleicht im Wald kleine grüne Feen. Das sage ich Mama und Papa aber nicht.«

»Und die Gartenfee?«

Doro ließ sich neben Billie auf dem Teppich nieder.

»Die Gartenfee hat mein Opa mir geschenkt. Als wir hierher gezogen sind. Er sagt, er hat sie gesehen und musste gleich an mich denken. Weil sie auch ein Springseil hat und fliegende Zöpfe. Und da hat er sie gekauft. Und wenn ich Heimweh habe oder traurig bin, dann soll sie mich fröhlich machen. Sie sieht lustig aus. Mit Streifen auf der Bluse. Auf dem Rock auch.«

»Aber wieso ist sie eine Gartenfee?« Unter Feen stellte sich Billie etwas *ganz* anderes vor.

»Weiß nicht. Eigentlich hängt sie da an der Wand. Aber einmal habe ich sie mit in den Garten genommen. Als die Sonne schien und ich seilspringen wollte. Ich hab sie in einen Baum gehängt, der nur so groß war wie ich. Und dann bin ich seilgesprungen. Und sie ist seilgesprungen. Und sie hatte noch keinen Namen und da habe ich sie Gartenfee genannt. Beinah hätte ich sie Guni genannt. So hieß meine Freundin, wo wir früher gewohnt haben. Hier habe ich noch keine. Vielleicht wenn ich in die Schule komme, im Herbst. Und jetzt habe ich gar keinen mehr zum Spielen! Auf ihrem Rock waren richtige K-k-knöpfe aufgeklebt!« Doros Unterlippe zitterte.

Hoffentlich fing sie nicht wieder an zu heulen! »Also, Doro, dann sind die Gartendiebe auch hier ins Haus eingebrochen und haben deine Fee geklaut?«

»Nein, sind sie nicht. Als wir in die Ferien gefahren sind, hing die Gartenfee noch im Baum. Ich habe sie da vergessen. Ist meine eigene Schuld, sagt Papa. Und jetzt ist sie irgendwo ganz alleine. Ich will sie wiederhaben!« Doro nahm ein Zopfende in den Mund und kaute darauf herum.

»Okay«, sagte Billie. »Reg dich nicht auf. Ich muss die Gartendiebe finden und den Baum. Vielleicht hängt sie ja noch drin.«

»Ja, und keiner spielt mit ihr! Ich glaub nicht, dass so ein böser Räuber seilspringt.«

»Nur wenn er auch ein Boxer ist. Boxer müssen jeden Tag seilhüpfen. Zum Training.«

»Wirklich? Vielleicht werde ich ja Boxerin? Seilhüpfen kann ich nämlich sehr gut. Und dann kann ich jedem Dieb auf die Nase boxen, wenn er was stehlen will.«

»Ja, das ist eine gute Idee. Aber jetzt brauche ich erst

mal eine Beschreibung von deiner Gartenfee.« Billie zog ihr Notizheft und einen Bleistiftstummel aus der Hosentasche.

gesucht: Gartenfee (aus Blech)
gehört: Doro Ahlhorn

»Wie groß ist sie?«
»Ein bisschen höher als mein Knie.«

Personenbeschreibung: Größe: ungefähr 35 Zentimeter
          mit Springseil, lange Zöpfe
gestreifte Bluse + RICHTIGE Knöpfe auf dem Rock aus Blech

»Wie viele Knöpfe?«
»Drei Stück. Ein blauer, ein brauner und ... öhmmm ... den anderen weiß ich nicht mehr. Muss ich mal auf dem Bild nachsehen.«
»Du hast ein Bild von der Gartenfee? Na, klasse! Hast du das gemalt?«
»Nein. Ist ein Foto.« Doro öffnete den Schrank und wühlte in einem Fach herum. »Aus einem Katalog. Mein Opa hat sie aus einem Katalog bestellt. Das dürfen Mama und Papa aber nicht wissen. Oma auch nicht.«
»Warum denn nicht?«

»Schau, der Katalog. Er kommt aus Amerika! Da ist sie.«

Billie nahm das aufgeschlagene Heft entgegen. Die bunte Figur sah aus wie von einem Kind gemalt. Der Hals und die erhobenen Arme ein bisschen zu lang; das Seil in einem Bogen hoch über dem Kopf; fliegende Zöpfe, die aus Draht geflochten waren; beide Beine im Sprung kerzengerade zur Seite gestreckt.

»Jetzt habe ich gar keine Lust mehr zum Seilspringen, Billie Pinkernell.«

»Nun wart mal ab. Vielleicht finde ich sie ja.«

Knöpfe sind blau, braun + orange
Bluse pink, ohne Arm
Rock ~~bep bäsch~~ braungelb + 3 Streifen (blau, orange, rot)
Strümpfe:

»Sag mal, Doro, darf ich den Katalog mitnehmen? Dann könnte ich ein paar Farbkopien von dem Bild machen. Und dann –« Billie starrte in den Katalog.

»DU DICKE SOCKE!«

»Socke?«

»Hast du gesehen, was die gekostet hat? Einhundertzweiundneunzig Dollar!«

»Weiß ich doch. Mama, Papa und Oma sollen aber nicht wissen, wie teuer sie war. Sonst sagen sie, dass Opa spinnt. Und dass er mich verwöhnt.«

»Aber hundertzweiundneunzig Dollar ...«

»Opa sagt, es musste sein. Weil er gleich an mich denken musste, als er sie sah. Und es ist Kunst. Kunst ist nun mal teuer, sagt Opa. *Und* es gibt sie nur ein Mal auf der ganzen Welt. Genau wie mich, sagt Opa.«

Billie verabschiedete sich von ihrer jungen Auftraggeberin. Im Flur lief sie dem Sheriff über den Weg.

»Wiedersehen, Herr Hildebrandt«, rief sie. »Ich mache mich dann mal auf die Suche nach der Gartenfee.«

»Oho!« Er zwinkerte ihr zu. »Wirklich? Wird aber nicht einfach sein. Ist ja noch gar nicht Mitternacht.«

»Nein. Aber jetzt, wo ich so ein schönes Foto von ihr habe, erkenne ich sie bei jeder Tageszeit.«

Flusskrebs mampft Rotbarsch

Billie konnte nicht besonders gut pfeifen, doch fast den ganzen Weg nach Hause pfiff sie vor sich hin und ab und zu hüpfte sie einen Schritt. Der Sheriff hatte sooo ein verblüfftes Gesicht gemacht!

Als sie auf das Gartenhaus zuging, kamen über ihr aus dem Apfelbaum Schmatzgeräusche. Sie blieb stehen.

Eine unheimliche Stimme raunte: »Flusskrebs mampft Rotbarsch.«

»Hallo, Tim«, sagte Billie. »Hast du einen Sonnenstich?«

»Nee, ich übe Loreleys Geheimschrift.« Blätter raschelten, ein Ast knarrte und Tim sprang auf den Boden.

»Hab mich schon gewundert, wo du bist. Wo warst du?«

»Och, am Fluss und so ... Gestern habe ich dich mit deiner Mutter im Freibad gesehen.«

»Was, du warst auch da? Ich hab dich gar nicht gesehen! Warum hast du nichts gesagt?«

Tim zuckte mit den Schultern. »Ich saß oben auf dem Rettungsschwimmer-Hochsitz, am Kinderbecken. Da kann ich nicht einfach runterschreien. Außer jemand macht Blödsinn oder ist in Schwierigkeiten.«

»Du bist Rettungsschwimmer? Hast du gar nicht erzählt. Ist ja toll! Aber hast du nicht mal Pause? Du hättest mit uns picknicken können.«

»Ich wollte euch nicht stören.«

»Blödmann«, sagte Billie freundlich. »Nächstes Mal störst du uns gefälligst, ja? Ach – Tim, ich muss dir was erzählen. Ein neuer Fall! Aber erst mache ich uns ein paar Stullen. Ich habe einen Bärenhunger. Bin gleich wieder da.« Billie rannte zum Haus und ging durch die Terrassentür in die Küche.

Keine sechs Minuten später kam sie zurück, in der einen Hand einen Glaskrug mit kühlem Pfefferminztee, in der anderen einen Teller mit Broten. Von ihren Zeigefingern baumelten zwei grüne Becher.

Tim saß auf den Verandastufen. Billie stellte den Krug und den Brotteller neben ihn auf den Holzboden. Außer drei trockenen Scheiben Steinofenbrot gab es zwei Butterschnitten, dick mit Schnittlauchschnipseln bestreut, und zwei, die Billie mit dunkelbraunem Zuckerrübensirup bestrichen hatte. Eine Brotscheibe lag etwas schräg und der Sirup floss langsam wie Lava auf den Teller.

Tim goss Pfefferminztee in die Becher und nahm sich ein Schnittlauchbrot. »Du hast einen neuen Fall?«

Billie hatte in ein Sirupbrot gebissen. »Joh«, sagte sie mit vollen Mund. »Oinen Foll met oiner Fö.«

»Einen Fall mit einer Fö?«

Billie kaute und schluckte. »Nee, mit einer Fee. Hast du von dem geklauten Garten gehört?«

Tim nickte.

»Den muss ich suchen. Der Sheriff hat es mir verboten, zuerst. Aber dann hat er gesagt, ich *soll* es tun. Nur weiß er nicht, dass er mir das gesagt hat.«

»Häh?«

»Gut, nicht? Der Sheriff denkt, die Gartenfee ist eine richtige Fee und es gibt sie nicht. In Wirklichkeit ist sie aber eine Blechfigur. Sie ist mit dem Garten geklaut worden. Und wenn ich nach ihr suchen soll, muss ich auch nach dem Garten suchen. Ist doch logisch, oder?«

»Hm, irgendwie schon.«

Das Gartentor quietschte. Kurz darauf tauchte Loreley auf. »Hallo zusammen. Oh, kann ich auch was haben?«

Billie nickte. »Wieso bist du nicht in der Bücherburg? Zu heiß da unterm Dach?«

»Ziemlich heiß.« Loreley ließ sich neben Billie und Tim auf die Stufen sinken. »Frau Ness hat aber einen riesigen Ventilator aufgestellt. Da weht es jetzt wie ein Wüstenwind. Nein, ich habe doch geschrieben, dass ich komme.«

»Hat sie«, bestätigte Tim.

»Hast du? Oh, in dem komischen Brief? Dafür hatte ich noch keine Zeit. Wer ist denn diese Doris?«

»Billie, Billie, Billie«, sagte Loreley. »Das gehört doch zur Geheimschrift! Vor die Anrede muss man einfach irgendeinen Vornamen schreiben. Billie ist Rotbarsch, also habe ich ›Doris, Rotbarsch?‹ geschrieben. Mit einem Fragezeichen, weil da eigentlich ein Ausrufezeichen wäre, verstehst du?«

»Mhm«, machte Billie.

»Mein Brief fing an mit ›Hermine, Flusskrebs?‹«, sagte Tim.

»Tim ist Flusskrebs? Warum denn Flusskrebs?«, fragte Billie. »Das ist aber nicht schön.«

»Soll ja auch nicht *schön* sein, sondern *geheim*«, sagte Loreley.

»Billie hat einen neuen Fall.«

»Na ausgezeichnet!«, rief Loreley. »Da kommt meine neue Geheimschrift ja gerade richtig. Erzähl, Billie, worum geht es?«

Billie erzählte.

Billies Zeugenaussage

»Ein fabelhafter Fall«, sagte Loreley. »Aber ein ziemlich großer, oder? Wo willst du denn da anfangen?«

»Weiß ich noch nicht«, sagte Billie. Wo sollte sie anfangen? Sie zog den Bleistift und ihr Notizheft aus der Hosentasche und schlug es auf.

??????????? ...

Erstens:

»Als Erstes werde ich ... werde ich ... meine Zeugenaussage aufnehmen.«

»Deine eigene Zeugenaussage? Geht denn das?«, fragte Loreley.

»Na klar. Irgendjemand muss es schließlich tun. Und der Sheriff wollte nicht.«

Zeugenaussage von BILLIE PINKERNELL:
Diebstahl des großen Bronzefischs aus dem Garten von

»Wisst ihr, wie die Leute mit dem Fisch heißen?«
»Du meinst die Leute ohne den Fisch«, sagte Loreley. »Wolff, mit zwei f. Sie fahren einen Volvo und lassen auch im Sommer die Winterreifen drauf.« Weil Herr Ley, Loreleys Vater, eine Autowerkstatt hatte, wusste Loreley solche Sachen.

Familie Wolff

»Kenn ich nicht. Wo wohnen die?«
»Nicht weit von hier, im Sphinx-Pfad. Nummer weiß ich nicht.«
»Vier«, sagte Tim. »Michael war bei mir in der Klasse.«
»War? Ach so.« Wohl bis zum Sommer. Billie wusste von Loreley, dass Tim sitzen geblieben war. Absichtlich. Aber alle Mühe war umsonst gewesen, weil seine Mutter ihn nun doch nicht in ein Internat schicken wollte, worüber Tim sauer war. Billie fand es aber gut. Doch das sagte sie nicht.

~~Sfi~~ Sphinx-Pfad 4 in Rabenstein
Uhrzeit: eine Minute nach 2 Uhr (NACHTS!)
Tag: Montagnacht
aus Schlafzimmerfenster geguckt +gesehen, wie
großer Fisch durch den Kleopatra-Weg getragen
wurde
Diebe nicht gesehen; warum: waren hinter Büschen und
Zaun auf ~~der Straße~~ dem Bürgersteig!

»Schade, dass ich keinen gesehen habe! So eine Personenbeschreibung wäre schon ganz gut.«
»Wie viele waren es denn?«, fragte Tim.
Billie überlegte. »Mindestens zwei. Der Fisch war ziemlich lang. Und für einen bestimmt zu schwer.«

(mindestens) zwei Diebe

»Weiß man nicht«, sagte Loreley. »Vielleicht ist der Fisch ja hohl und ganz leicht. Dann kann einer ihn tragen.«
»Ja, vielleicht.«

~~(mindestens) zwei Diebe~~
wie viele Diebe: unbekannt!! Vielleicht nur einer!

»Nein!«, rief Billie. »Ich hab sie doch GEHÖRT! Einer sagte immer: ›Au-au ...‹ und ein anderer sagte ... was sagte er noch? Ja, er sagte ›Sei still ...‹ und ›Pssstt!‹. Hätte ich fast vergessen!«

~~(mindestens) zwei Diebe~~
wie viele Diebe: unbekannt!! ~~Vielleicht nur einer!~~
ZWEI (mindestens!)

»So«, sagte Billie. »Das ist doch schon mal was.«
»Ist aber nicht viel, wenn du sie fangen willst«, meinte Tim.
»Ach, ich bin doch noch gar nicht fertig!« Billie beugte sich wieder über ihr Heft.

zwei Männer
sprechen DEUTSCH!; sagen du zueinander
einer ist ein bisschen wehleidig, sagte:
»Au-au, mein Zeh!«, »Au-au, mein Rücken!«
Nummer 2: »Nun sei doch still!«

»An den Stimmen ist mir nichts aufgefallen, schade. Ich möchte wissen, wo sie ihn hingetragen haben, den Fisch.«
»Na, über die Autobahn werden sie ihn schon nicht geschleppt haben«, sagte Loreley. »Sie hatten

irgendwo eine Suppenschüssel stehen, ist doch klar.«

»Eine was?«

»Eh, ich meine ein Auto – Suppenschüssel in der Geheimschrift. Einen Lieferwagen oder einen La-«

»Einen Lastwagen!«, rief Billie. »Genau!« Sie haute Loreley auf die Schulter.

»Aua! Was soll –«

»Ich war schon fast eingeschlafen, da habe ich einen Lastwagen wegfahren gehört ... wie war das noch? ... Erst wurde der Motor angelassen ... dann fuhr er mit einem *Rumpeln* auf die Straße und den Hügel hinunter. Und wo rumpelt es, weil da keine Auffahrt ist, weil die Räder über diesen Huckel auf die Straße knallen?« Sie sprang auf. »Er hat hier auf dem Weg geparkt! Kommt mit!«

Tim und Loreley folgten Billie den Gartenweg entlang und durchs Tor auf den Weg, der vom Kleopatra-Weg hoch zum Friedhof führte.

»Hier hat er geparkt. Um nicht aufzufallen. Vielleicht gibt es irgendwelche Spuren vom Auto.« Billie guckte hin und her. Alles sah aus wie immer.

»Schade, dass es in der Nacht nicht geregnet hat«,

sagte Loreley. »Dann hättest du Gips in die Reifenspuren gießen können. So machen sie das in den Krimis. Dann hättest du ein schönes Beweisstück gehabt.«

»Es hat aber nicht geregnet«, sagte Tim. »Außerdem ist es schon viel zu lange her. Muss man das nicht gleich machen?«

»Gips«, murmelte Billie. »Ich hab gar keinen Gips.« Sie holte ihr Heft hervor.

Gips kaufen! WICHTIG!!

Das hätte ja peinlich werden können. »Vielleicht gibt es ja noch andere Spuren. Ganz kleine. Kommt, wir schwärmen aus. Vielleicht hat einer geraucht, eine ganz seltene Marke, und wir finden die Zigarettenkippe. Oder das Auto ist an der Mauer langgeschrammt und hat eine Lackspur hinterlassen. Ein ungewöhnliches Lila.«

»Ja, oder einer hatte eine Glatze und sein Haarteil ist in einem Zweig hängen geblieben«, sagte Tim und grinste.

»Quatsch«, sagte Billie, guckte aber nach oben. Nein, in den Zweigen sah sie nichts Verdächtiges.

Loreley stellte sich mit der Nase nah an die Gartenmauer und suchte sie ganz genau ab, von unten, wo sie mit Moos bewachsen war, über jeden Spalt in den Ziegelsteinen bis hoch zu den Eisenstäben, die in gefährlichen Spitzen endeten.

Tim übernahm die gegenüberliegende Seite, wo eine dichte Hecke den Nachbargarten abschirmte.

Billie bewegte sich vornübergebeugt im Zickzack den Weg entlang in Richtung Straße. Sie suchte jeden Zentimeter des Weges ab. Die harten Lehmflächen, die trockenen, niedrigen Grasbüschel und, weiter unten, den losen Schotter.

Sie fanden nichts.

»Und jetzt?«, fragte Tim.

»Wollen wir nicht die Geheimschrift üben?«, sagte Loreley.

»*Warum* stiehlt jemand einen Garten«, überlegte Billie. »Und ein Gewächshaus, eine Sonnenuhr, den Löwen und das alles?«

»Weil er seinen Garten schmücken will und Gartenzwerge nicht mag?«, schlug Tim vor.

»Na, das müsste aber ein ganz schön großer Garten sein«, sagte Billie. »Mindestens so groß wie unserer.«

»Oder ein kleiner Park«, sagte Loreley.

»Genau. Aber was will er dann mit dem bisschen Rasen oder den kleinen Bäumen von den Ahlhorns?«

Tim sagte: »Vielleicht ist er so ein ... ein ... wie heißen die Leute noch, die diese Klau-Krankheit haben? Denen ist es egal, was sie mitnehmen. Im Fernsehen war –«

»Ein Kleptomane, meinst du«, sagte Loreley. »Den Film habe ich auch gesehen. Aber die nehmen doch einfach mit, was sie sehen – wie den Ring oder das goldene Feuerzeug. Ich glaube nicht, dass die sich nachts verabreden, um auf Raubzüge zu gehen.«

»Glaube ich auch nicht«, sagte Billie.

»Kannst du nicht den Sheriff fragen«, sagte Tim. »Was er meint, warum jemand so etwas stiehlt?«

»Nee, ist zwecklos. Der würde mich nur wieder wegscheuchen und sagen, ich soll die Fee fangen ... Ich weiß! Ich frage seine Frau! Vielleicht weiß die was.« Frau Hildebrandt verdankte Billie ihren allerersten Auftrag in Rabenstein. Ein Fall von Entführung und Erpressung. »Ja, ich werde sie sofort besuchen gehen. Kommt ihr mit?«

»Also, wenn ihr die Geheimschrift nicht üben wollt, dann verschwinde ich wieder in die Bücherburg«, sagte Loreley. »Zum Ausfragen brauchst du mich doch nicht.«

»Tim?«

»Nö. Aber ich könnte versuchen Kevin Meyers auszuhorchen, den Reporter vom *Rabensteiner Boten*. Er ist ein Cousin von meinem Stiefvater. Dem hat die Polizei bestimmt was erzählt.«

»Okay«, sagte Billie. »Gute Idee. Wenn ich erst weiß, *warum* jemand Gartenteiche und Steinlöwen und so was klaut, dann weiß ich bestimmt auch, wo ich danach suchen muss.«

Das Verhör

Zum Haus der Hildebrandts hatte es Billie nicht weit. Es befand sich auf der anderen Seite des Schokoladenhügels, am Ramses-Steig. Der Name Schokoladenhügel stammte noch aus der Zeit, als Billies Ururgroßvater die berühmte Schokoladenfabrik Pinkernell besaß. Er und seine Schokoladenfabrik-Direktoren hatten sich ihre Villen auf den Hügel gebaut, von dem sie auf das Städtchen hinabblicken konnten.

Billie näherte sich dem Haus der Hildebrandts von der Gartenseite her. Frau Hildebrandt lag unter dem Sonnenschirm auf einem Liegestuhl und döste. Eine Zeitschrift lag aufgeschlagen auf ihrem Bauch. Fernando, ihr kurzbeiniger Hund, ruhte neben seinem Frauchen im Gras. Er hob den Kopf. Als er Billie erkannte, sprang er auf, bellte erfreut und rannte auf sie zu.

»Na, Fernando, wie geht's?« Billie hockte sich hin,

strich ihm über den Rücken und kratzte ihn an der Stelle hinter dem linken Ohr, wo er es am liebsten hatte.

»Hallo, Billie.« Frau Hildebrandt schob ihre Sonnenbrille in die Haare und lächelte.

»Tag, Frau Hildebrandt.« Billie ließ sich neben dem Liegestuhl auf den Rasen plumpsen.

»Heiß, nicht? Darf ich dir ein Mineralwasser anbieten?« Im Gras lagen sieben kleine Wasserflaschen, drei davon schon leer.

»Hmm ... danke. Sie haben nicht zufällig auch Trinkschokolade?«

»Nein, leider nicht. Wir achten jetzt ja ein bisschen auf die Figur, wie du weißt. Daher habe ich kaum noch Süßes im Haus.«

»Dann nehme ich ein Wasser, danke.« Billie griff nach einer Flasche, öffnete sie und ließ den halben Inhalt in sich hineingluckern. »Meine Mam und ich wollen heute Nacht im Gartenhaus schlafen. Wegen der Gartendiebe. Schlafen Sie nachts auch im Garten, Frau Hildebrandt?«

»Um Himmels willen! Nein, Billie, bestimmt nicht. Den Garten des Polizisten werden sie ja hoffentlich in Ruhe lassen. Außerdem sind unsere Bäume zu groß zum Stehlen und unseren Rasen konnte man noch nie einrollen und mitnehmen. Den haben wir nämlich ausgesät. Wertvolle Steinlöwen besitzen wir nicht, oder gar eine antike Sonnenuhr.«

»Haben wir auch nicht. Aber wir wollen unser Gartenhaus bewachen. Weil doch mein Detektivbüro da drin ist.«

»Ich verstehe. Ja, um unser Vogelhäuschen täte es mir ebenfalls Leid. Das haben wir von unserer Hochzeitsreise im Schwarzwald mitgebracht.« Das Häuschen hing am Stamm einer Tanne und sah aus wie eine Kuckucksuhr.

»Sehr hübsch. Das würde ich sofort mitnehmen, wenn ich ein Dieb wäre«, sagte Billie.

»Du hast Recht. Vielleicht hänge ich es besser auf den Balkon, bis die Burschen gefasst sind.«

»Ja, eine gute Idee.« Billie nahm noch einen Schluck aus der Flasche. »Was die Räuber wohl mit all den gestohlenen Sachen machen …«

»Das meiste wird heimlich ins Ausland geschafft. Sagt jedenfalls Kriminalhauptkommissar Krawutzki von der Kripo in Großrabenstädt. Der leitet die Untersuchung hier in der Gegend. Und der sollte es ja wissen.«

Ins Ausland? Das nächste Ausland war Holland. Eins war klar: Billie konnte sich nicht an die Grenze stellen, um aufzupassen, ob jemand versuchte, alte Steinlöwen, zusammengerollten Rasen oder einen Baum mit einer Fee rüberzuschleppen. »Und er meint, das geht alles nach Holland?«

Frau Hildebrandt zuckte mit den Schultern. »Nach Holland, nach Singapur, nach Texas – es gibt anscheinend überall Leute mit Gärten und viel Geld, die bereit sind, für rare Gegenstände ein kleines Vermögen auf dem Schwarzmarkt auszugeben.«

»Aber Rasen ist doch nicht rar.«

»In Texas vielleicht schon. Ist es da nicht sehr trocken?«

»In Saudi-Arabien ist es trockener«, sagte Billie. »Vielleicht liegt der Rasen bald in der Wüste.«

Frau Hildebrandt lachte. »Nein, der Rasen, die Bäume und die anderen Pflanzen werden wohl nicht ins Ausland gebracht.«

»Nicht?« Das war gut. Dann war die Gartenfee vielleicht noch in der Nähe. »Und was passiert mit dem Rasen und den Bäumen?«

Frau Hildebrandt gähnte. »Hildebrand meint, dass die Diebe sich damit einen netten Nebenverdienst verschaffen. Die wirklich wertvollen Sachen stehlen sie aber bestimmt für einen Auftraggeber, der schon internationale Abnehmer im Auge hat. Darum kümmert sich Interpol.«

»Interpol …«, hauchte Billie. Kriminalkommissare in Marrakesch und Schanghai, in Rio de Janeiro und Reykjavík hielten Ausschau nach dem Löwen, dem Fisch und dem Springbrunnen. Und sie, Billie Pinkernell, arbeitete an demselben Fall. »Du *dicke* Socke!«

Billie zückte ihr Notizheft.

Steinlöwe, Sonnenuhr, Bronzefisch: über die Grenze!
internationale Gangster!!
INTERPOL!
SINGAPUR? SCHANGHAI??? TEXAS?

»Und mit den Sträuchern? Und den neu gepflanzten kleinen Bäumen? Wie machen die sich damit einen Nebenverdienst?«

»Es gibt sicher Gartencenter, die den Dieben die gestohlenen Pflanzen abkaufen. Solange der Preis günstig ist, fragen manche nicht weiter, wo die Ware herkommt.«

unehrliches Gartencenter?

Da musste sie hin! Und alle kleinen Bäume nach der Gartenfee absuchen!

»Wo ist denn hier ein Gartencenter, Frau Hildebrandt?«

»Das ist ja das Schlimme: Es gibt so viele. Zu viele. Auf dem Weg nach Rabennest ist die *Grüne Gärtnerei,* kurz vor der Autobahn der große *Garten-Supermarkt,* auf der anderen Seite vom Fluss das *Pflanzen-Paradies* und bei Großrabenstädt sind noch mindestens drei. Schrecklich!«

»Ja, ziemlich schrecklich.« Wie sollte sie da überall hinkommen? Sie musste unbedingt ihr Fahrrad reparieren lassen. »Gibt es Busse, die zu den Gartencentern fahren?«

»Busse? Nein. Aber da fährt man doch sowieso mit dem Auto hin. Meist kauft man ja nicht nur einen Blumentopf, sondern Säcke mit buntem Schmuck-Kies, kistenweise Küchenkräuter, ein halbes Dutzend Beutel mit Dahlienknollen im Sonderangebot …« Frau Hildebrandt schüttelte den Kopf und seufzte. »Mein Mann ist dabei, ein Gartencenter nach dem anderen abzuklappern …«

Würde der Sheriff sie mitnehmen, damit sie nach der Gartenfee suchen könnte? Bestimmt nicht.

»… und ich habe ihm schon gesagt: Wenn das so weitergeht, bekomme ich einen Schreikrampf.«

»Wirklich?« Das war ja hochinteressant. »Einen Schreikrampf? Wieso?«

»Ach …« Frau Hildebrandt seufzte wieder.

Fernando setzte sich auf, sah sie mit schräg gelegtem Kopf an und machte »Wuff?«.

Sein Frauchen strich ihm über den Kopf. »Schon gut, mein Bester. Ja, weißt du, Billie, es ist so: Wenn mein Mann ein Gartencenter betritt oder auch nur eine kleine Friedhofsgärtnerei, dann dreht er durch. Völlig.«

»Er dreht durch? Wirklich? Unser Sheriff?« Der immer so ruhig sprach und auf den trotzdem alle hörten? Warf er etwa mit Kakteen, köpfte die Sonnenblumen und schlitzte Beutel mit Blumenerde auf? »Und was passiert dann, wenn er durchdreht?«

»Ach, er KAUFT! Es gibt Männer, die darf man nicht alleine in einen Heimwerkerladen gehen lassen. Weil sie sich nicht beherrschen können, sobald sie all die Bretter, Nägel und Bohrmaschinen sehen, und mit Sachen nach Hause kommen, die sie nie im Leben benutzen werden. So einer ist mein Hildebrand nicht, Gott sei Dank. Aber in Gartencentern ...«

»Kistenweise Küchenkräuter?«

»Ja, zum Beispiel. Sonderangebote sind besonders gefährlich. Ich schaudere schon, wenn ich daran denke, was er heute alles anschleppen wird.«

»Tut mir wirklich Leid«, sagte Billie. Aber mit ihrem Fall kam sie so nicht weiter. Ob es Zweck hätte, die Gartencenter alle anzurufen: Könnten Sie mal nachsehen, ob Sie einen kleinen Baum haben, in dem eine Blechfigur hängt? Ein Mädchen mit einem Springseil? Würde dann jemand sagen: So ein Zufall! Gerade heute Morgen haben wir einem Gartendieb genau so ein Bäumchen abgekauft. Wollen Sie seine Telefonnummer haben? »Nee, so geht's nicht.«

»Ich weiß, Billie. Aber was kann ich da tun ...?«

»Wau!«, machte Fernando.

»Dann gehe ich mal wieder, Frau Hildebrandt. Ich muss noch zum Kopierladen. Danke für das Wasser.«

»Bitte, bitte. Ist doch gern geschehen. Fast jeder Mensch trinkt zu wenig, wusstest du das? In *Halli-Hallo* war ein ganz interessanter Artikel darüber ...«

Frau Hildebrandt nahm die Zeitschrift auf und blätterte darin.

»Ja, weiß ich. Hatten wir in der Schule. Tschüs dann.« Billie wandte sich zum Gehen.

»HAAH!«, schrie Frau Hildebrandt. War der Sonnenschirm umgekippt und ihr auf den Kopf gefallen?

Billie drehte sich rasch um. Frau Hildebrandt starrte in das Heft, das sie mit ausgestreckten Armen vor sich hielt.

»Haben Sie Schmerzen, Frau Hildebrandt?«

»Ich? Was? Ach wo.« Sie lächelte. »Jetzt muss Hildebrand alles zurücknehmen, was er je über *Halli-Hallo* gesagt hat!«

»Was hat er denn gesagt?«

»Ach, er macht sich oft darüber lustig, dass ich diese Zeitschrift so gerne lese. Aber schau hier: die Baronin von Rheinhausen zu Stackelburg in ihrem Orchideengewächshaus!«

Eine grauhaarige Frau mit buschigen Augenbrauen schaute grimmig aus dem Foto. Sie trug eine grüne Schürze. In der einen Hand hielt sie eine Gartenschere, mit der anderen deutete sie auf eine Pflanze mit dunkelblauen Blüten.

Ihr bestes Stück, ihr ganzer Stolz: die rare Veilchen-Orchidee stand unter dem Foto.

»Ja, und?«

»Na, die Polizei hat immer gerne Fotos von gestohlenen Gegenständen. Das erleichtert die Suche, weißt du?«

Billie nickte. Fotos waren wichtig. Wenn sie die Abbildung von der Gartenfee nicht hätte, wäre der Fall *noch* schwieriger.

»Von den wertvollen Figuren, der Sonnenuhr und so weiter hatten die Besitzer Aufnahmen, die sie der Kripo überlassen konnten. Und mein Mann weiß, wie Apfelbäumchen und die meisten Sträucher aussehen, die gestohlen wurden, aber ...« Frau Hildebrandt lächelte, »Hildebrand hat keine Ahnung, wie die Veilchen-Orchidee aussieht! Die seltenste und wertvollste der gestohlenen Orchideen. Die Besitzer hatten noch kein Foto gemacht. Sie fing erst zum ersten Mal an zu blühen! Ich werde ihm das Foto zum Nachtisch servieren.«

»Nachtisch?«

»Oh, nur etwas Obst, Billie. Ganz ohne Zucker. Da wird er aber Augen machen.«

»Bestimmt«, sagte Billie.

Veilchen-Orchidee – GANZ selten und wertvoll:
auch weg!!

»Natürlich kann es sein, dass die Orchideen nicht an Gartencenter gehen, sondern gleich für viel Geld an einen Liebhaber. Aber vielleicht hat Hildebrand ja Glück und entdeckt sie irgendwo.«

Orchideen vielleicht nicht im Gartencenter!
–> Liebhaber???

»Danke, Frau Hildebrandt, und tschüs.«
»Tschüs, Billie. Komm bald wieder vorbei.«
»Mache ich bestimmt.« Nicht nur, weil Frau Hildebrandt und Fernando so nett waren. Sondern auch, weil die Frau vom Sheriff ihr Sachen über den Fall erzählte, die ihr der Sheriff nie im Leben verraten würde.

»Kontakte« nannte man das. Frau Hildebrandt war ihr wichtigster und ganz geheimer Kontakt zur Polizei.

Kontakt Nummer eins: Frau H. aus R.

Sollte sie ihr einen Geheimnamen geben? Aber welchen?

Frau Hildebrandts auffälligstes Merkmal waren die vielen kleinen Locken auf ihrem Kopf – genau!

    Löckchen

Billie grinste.

Überhühner?

Die Farbkopien waren ziemlich teuer, so machte Billie nur drei davon. Je eine für Loreley, für Tim und für sich selbst. Den Katalog wollte Doro ja zurückhaben.

Als Billie in der Bücherburg nach Loreley suchte, war sie ausgerechnet mal nicht da. Frau Ness versprach aber, ihr die Kopie zu geben, sobald sie wieder auftauchte.

Für Billie hatte Frau Ness einen zugeklebten Briefumschlag von Loreley.

Für Billie Pinkernell: Persönlich – geheim – vertraulich

Billie riss den Umschlag auf und zog ein Blatt heraus.

»O nein!« Schon wieder so ein Geheimschrift-Brief! Und sie hatte den Code zu Hause gelassen, in ihrem Büro.

Elisabeth-Marie – panierter Rotbarsch?

Na, das ging ja noch. Den Anfang konnte sie entziffern.

Das hieß: *Hallo, Billie!*

Aber dann?

Weiche Nuss? Skelette vom Überfisch und so weiter im Inphitermatnet – Zitrone habe ich im Katzenklo gefunden: Die unwilden Überhühner – Seibumte 4phi4 – Eher monolustig? Bin mit 7 Hühnern zurück – Es lebe – die Ratte Rudolf**

4phi4 ... das sah nach einer Formel aus. Einer chemischen vielleicht. War aber bestimmt keine, so wie sie Loreley kannte. Und *Überfisch* und *Überhühner* ... War *über* nicht eine von diesen Silben, die man anhängen oder voranstellen sollte, wenn das Wort nicht auf der Codeliste stand? Also hieß das *Fisch* und *Hühner*.

»FISCH!«, rief Billie.

»Wie bitte?«, fragte Frau Ness.

»Oh, nichts.«

Fisch! Bestimmt war der Bronzefisch gemeint! Loreley hatte etwas entdeckt, das mit den Diebstählen zusammenhing – so viel war klar. Aber Hühner?

---

* Entziffere den Brief mit Hilfe des Codes auf Seite 155–158 oder lies die Auflösung auf Seite 153–154!

Was für Hühner? Waren auch Hühner gestohlen worden? Wieso hatte ihr das niemand erzählt? Geklaute Hühner … die gehörten wohl eher zum Nebenverdienst der Diebe. Außer es handelte sich um irgendwelche raren Hühner.

»Ach, Frau Ness, wissen Sie, ob es Hühnersammler gibt?«

Frau Ness sah von ihrem Computer hoch und fuhr mit einer Hand durch ihre aschblonden Locken. »Nun, es gibt den Hühnerhabicht. Bestimmt gibt es auch den Hühnersammler. Manchmal glaube ich, es gibt für alles irgendwo einen Sammler.« Sie lachte. »Ich hatte mal einen Freund, der sammelte alte Rasenmäher.«

»Interessant«, sagte Billie.

Alte Rasenmäher waren bisher nicht geklaut worden. Aber wenn, dann wüsste sie jetzt, wo sie nach ihnen suchen müsste.

»Oben in der ersten Etage haben wir mindestens ein dickes Buch über seltene Hühnerrassen. Vielleicht steht da auch etwas über Hühnersammler drin.«

»O danke. Sehe ich mir später an. Jetzt muss ich dringend nach Hause. Sie geben Loreley die Kopie?«

Frau Ness nickte. »Ehrenwort.«

Dickes Hühnerbuch in der Bücherburg! Anschauen! Hühnersammler??

Eigentlich war Frau Ness auch ein guter Kontakt für eine Privatdetektivin.

Löckchen Nummer 2 (Frau N. aus R.)

Billie warf noch einen Blick auf das schwarze Brett. Ihre Anzeige hing zum Glück immer noch an der richtigen Stelle.
»Guten Tag, Frau Ness«, hörte sie hinter sich eine Männerstimme. Billie fuhr herum.
»Guten Tag, Herr Doktor Hugendubel«, sagte Frau Ness. »Sie wollen sicher das Buch für Ihre Frau abholen?«
Billie bekam einen Schluckauf. »Hiiikh!«, schallte es durch den Raum. Billie schlug eine Hand vor den Mund. Zu spät.
Herr Hugendubel drehte sich um. Seine Augenbrauen hoben sich. »Ach, Billie Pinkernell. Schau an, schau an.« Er fing an zu lächeln. Sein Mund wurde immer breiter, bis der Goldzahn zu sehen war.
Ein Lächeln wie bei einem Hai, der soeben einen

saftigen Fisch entdeckt hat. Nur hätte der Hai natürlich keinen Goldzahn. Außer er lebte in einem Aquarium und der Zoo-Zahnarzt hätte ihm mal ein großes Loch im Zahn repariert.

»Ja, Frau Ness«, sagte der Hai – eh, Herr Hugendubel und sah Billie dabei an. »Ich war kurz in der Redaktion und in der Reinigung ... Ja, in der Reinigung, wo ich etwas zur Spezialbehandlung abgeben musste. *Gar* nicht billig, wissen Sie, aber nötig, leider, leider ... Und nun möchte ich das Buch abholen, das meine Frau vorgemerkt hat. Etwas über den Umgang mit schwierigen Kindern, nicht wahr?«

Endlich wandte er seinen Blick von Billie ab und sah die Bibliothekarin an. »Und unsere junge, äh, Detektivin hier hat sich gewiss mit Klassikern der Kinderliteratur befasst, nicht wahr? Weil sie andernfalls einen ihr übertragenen Fall nicht erledigen kann. Ja?«

Frau Ness gab ihm sein Buch. »Sie wissen doch genau, Herr Doktor Hugendubel, dass ich keine Auskunft darüber erteilen darf, welche Bücher Leute lesen. Datenschutz!«

Er lächelte und nickte. »Auf Wiedersehen, Frau Ness, und vielen Dank.« Als er an Billie vorbei zum

Ausgang ging, sagte er ohne sie anzusehen: »Noch zweieinhalb Wochen ...«

Billie wurde heiß. *Den* hatte sie ganz vergessen. Oder vielleicht hatte sie nur gehofft, *er* hätte die Angelegenheit vergessen. Hatte er aber nicht.

Gemopste Hühner! Gestohlener Steinlöwe! Geklaute Bäume, Büsche und Orchideen ... dazu 'ne verschwundene Gartenfee. Und jetzt auch noch dieser Ausbrecher Rupert Hugendubel, den sie irgendwie zum Lesen bringen musste, wenn sie wegen der doofen Spezialreinigung nicht total Bankrott gehen wollte ... Nein, sie hatte wirklich mehr als genug zu tun. Sie brauchte jetzt keine neuen Aufträge.

Billie riss ihre Anzeige vom schwarzen Brett und steckte sie in die Hosentasche.

Die Zitrone im Katzenklo

Obwohl es immer noch recht warm war, schaffte Billie den Weg von der Bücherburg quer durch die Stadt und den Schokoladenhügel hinauf in einer Rekordzeit: in nur vierzehn Minuten. Das T-Shirt klebte ihr auf dem Rücken, ihre Haare lagen unangenehm feucht im Nacken und ihr Mund war ausgedörrt, als sie die Villa Pinkernell erreichte.

»Wasser!«, röchelte sie, als sie einen verdurstenden Wüstenwanderer spielend in die Küche taumelte. »Wasser!«

Billies Mutter drehte den Hahn auf, ließ ein Glas voll laufen und reichte es Billie. »Du kommst gerade rechtzeitig. Ich habe uns zum Abendessen eine kalte Kirschsuppe gemacht. Mit Schattenmorellen, die noch Urgroßtante Malwine eingeweckt hat. Nur eins klappt nicht: Die Eischneehäufchen, die wie Eisberge auf der Suppe schwimmen sollen, gehen unter, als wären sie aus Blei ... Ich versteh das nicht.«

Billie hatte das Glas in einem Zug geleert und ließ sich ein zweites einlaufen. »Dann üb noch ein bisschen, Mam. Ich muss erst eine Botschaft entziffern. Es gibt eine heiße Spur in meinem Fall!«

»Schön, Schatz. Aber mach nicht zu lange, nein? Und würdest du bitte bei Herrn Danziger klingeln und fragen, ob er nachher mit uns zu Abend isst? *Köstliche kalte Kirschsuppe* unterm Apfelbaum. Ich habe den Terrassentisch vorhin umgestellt.«

»Okay, Mam, mache ich.« Was mochte Loreley nur entdeckt haben? Billie lief noch einmal aus der Haustür raus und die Treppe hinunter. Die Tür zu Herrn Danzigers Einliegerwohnung stand offen. Billie läutete und rief: »Hallo – ich bin's!«

»Komm rein, Billie. Ich bin in der Küche.«

Billie durchquerte den kleinen Flur und trat in das Wohnzimmer mit seinen vollen Bücherregalen und den tiefen Sesseln, die so bequem waren, dass man gar nicht mehr aufstehen wollte, wenn man einmal drinsaß. Als sie über den Staubsauger stolperte, der mitten im Raum lag, ruderte sie mit den Armen, um ihr Gleichgewicht nicht zu verlieren, und hätte fast eine schmale Vase mit einer einzigen Blume vom Tisch gerissen. »Huuuuuch!«

Billie rettete die Vase in letzter Sekunde und richtete sie wieder auf. »Das hätte noch gefehlt!« Die Blume war mit Blüten besetzt, die wie kleine Schmetterlinge aussahen und wie Veilchenbonbons glänzten. Billie bekam Appetit.

»Haben Sie vielleicht Veilchenbonbons, Herr Danziger?«

Er lag auf dem Küchenfußboden unter dem Waschbecken und stocherte im Abflussrohr herum. »Irgendwas hat sich da festgesetzt«, schimpfte er. »Ich hatte vorhin fast eine Überschwemmung. Tut's auch ein Zitronenbonbon? Dort, in der linken Schublade.«

Billie nahm zwei. »Mam lässt fragen, ob sie zum Abendessen kommen möchten. Apfelsuppe unterm Kirschbaum, nur umgekehrt. Mit versunkenen Eisbergen.«

»Sehr gerne, Billie. Das hört sich ausnehmend erfrischend an. Vielen Dank. Ah – jetzt hab ich's! So – jetzt müsste es wieder abfließen.« Er setzte sich auf. Seine Baskenmütze war verrutscht. »Manchmal bedaure ich, nie in Grönland gewesen zu sein oder in der Antarktis.«

»Ja, bei den Eisbären und den Eisbergen. Oder bei

den Pinguinen. Aber bei den Mexikanern waren Sie. Und bei den Schanghaianern oder wie die heißen.«

»Das ist wahr. Und neulich habe ich mich zu einem Tagesausflug nach Holland angemeldet. Das Altersheim veranstaltet eine Bustour.«

»Ist bestimmt auch ganz schön«, sagte Billie. »Und nicht so kalt. Bis nachher dann.« Sie rannte außen herum zum Gartentor. Am besten nahm sie das Detektivbüro-Schild sofort ab. Wegen der Diebe. Und auch wegen der Kundschaft, die sie im Moment überhaupt nicht brauchen konnte.

Sie lehnte den Goldrahmen in ihrem Büro an die Wand, fischte das Code-Heft aus der Tischschublade, nahm einen Bleistift und begann Loreleys Brief zu decodieren.*

Weiche Nuss? ... hieß: Gute Nachricht! Sie hatte es gewusst: Bestimmt war Loreley dem Bronzefisch auf die Spur gekommen!

»Oioioi ... Ist ja toll!« Und was kam jetzt?

»NEIN!«

Das durfte ja wohl nicht wahr sein. Typisch Loreley!

---

* Hast du vergessen, was in dem Brief stand? Sieh nach auf Seite 94–95.

Hoffentlich war es noch nicht zu spät. Wann machte die Bücherburg zu?
Billie stopfte den Brief und das Code-Heft in ihre Hosentasche und rannte los. Den Gartenweg entlang, zum Tor hinaus, den Friedhofsweg und den Kleopatra-Weg hinunter. Die Fußgängerampel an der Hauptstraße war grün, so dass sie ungebremst weiterlaufen konnte. Viele Fußgänger waren zum Glück nicht mehr unterwegs. Der Frau, die aus dem Schuhladen kam, konnte sie in letzter Sekunde ausweichen. Zeit, um beim Aufheben der runtergefallenen Kartons und der verstreuten Schuhe zu helfen, war nicht. Als Billie die Stufen der Bücherburg erreichte, trat Frau Ness gerade aus der Tür, den Schlüssel in der Hand, um abzuschließen.
»HALT!«, rief Billie.
Frau Ness drehte sich um.
»Ich ... ich muss ... un-bedingt ...« Billie rang nach Atem. »Unbedingt noch ... in ein Buch gucken!«
Frau Ness schüttelte den Kopf. »Es ist schon fünf nach, Billie. Hat das nicht bis morgen Zeit?«
»Aber nein! Würden Sie das sagen, wenn Sie die Feuerwehr wären und jemand anrufen würde, um einen Brand zu melden? Es geht um die Gartenräuber!«

»Na, dann …« Frau Ness öffnete die Tür und winkte Billie hinein. »Aber mach schnell. In zwanzig Minuten beginnt meine Flugstunde. Ich will nicht zu spät kommen.«

»Danke, Frau Ness. Ich beeile mich. Ich suche ein Buch über wilde Hühner. Ist das auch in der ersten Etage wie das dicke über die seltenen Hühner?«

»Wilde Hühner? Da geht es nicht um Hühner, sondern um ein paar Mädchen. Ganz oben in der Kinderbücherei steht es, gleich links, unter *Funke*, so heißt die Autorin.«

Billie raste die Wendeltreppe hoch. Links … F … da war es: *Die wilden Hühner*. Sie schlug Seite 44 auf. Volltreffer! Sie löste ein gelbes Klebezettelchen heraus, auf dem mit Loreleys lila Tinte eine Internetadresse notiert war.

Im Nu war sie wieder unten. »Ich hab's! Danke! Vielen Dank, Frau Ness! Es ist wohl keine Zeit mehr, um noch etwas im Internet nachzusehen?«

»Keine Chance, Billie. Mein Flugzeug wartet. Hasta la vista.«

Nicht so schlimm. Zu Hause hatten sie jetzt ja auch einen Internetanschluss.

Der Plan für die Nacht

Diesmal ließ Billie sich auf dem Weg nach Hause Zeit. Sie war von der ganzen Hetzerei und der Hitze völlig erledigt. Erledigt! Erschöpft! Erschossen! *Erschossen* gefiel ihr am besten. »Ich bin völlig erschossen«, sagte sie, als sie am Abendbrottisch unter dem Apfelbaum ankam und sich auf den freien Gartenstuhl fallen ließ.

»Diese *Köstliche kalte Kirschsuppe* aus Urgroßtante Malwines Kochbuch wird dich hoffentlich wieder aufrichten«, sagte ihre Mutter und stellte einen tiefen Teller mit rubinroter Suppe vor sie hin. »Und diese merkwürdige Nachricht vielleicht auch. Tim rief an und hat sie mir diktiert.«

Billie faltete den Zettel auf. Schon wieder diese Geheimschrift …

Resi – gekochter Rotbarsch? Vermeybumers von der Viezeimattung in Timbuktu gurgelt – die karierte Antwort ist – woher wussten die Krümelmonster – in welchen Schubladen Sonnenhühner und so was sind!!! Es lebe – der Flusskrebs Peter*

Der erste und der letzte Satz waren klar. *Timbuktu* war Rabenstein, das konnte sie auswendig. Aber schon wieder Hühner! Sonnenhühner?

»Die Suppe schmeckt wirklich ausgezeichnet«, bemerkte Herr Danziger. »Fast als hätte Malwine sie gemacht.«

»Ja, aber die untergegangenen Eischneeberge sind meine ganz persönliche Note.«

»Ist trotzdem lecker, Mam.« Billie löffelte die süßen Eisberge und die säuerlichen Kirschen in sich hinein. »Ich wusste gar nicht, dass ich so hungrig war.«

»Freut mich, dass es dir schmeckt. Ich finde sie selbst ganz gut. – Und, werden Sie übermorgen in Holland auch den Nationalpark *Hooge Veluwe* besuchen, Herr Danziger? Dort muss es wunderschön sein.«

---

* Entziffere den Brief mit Hilfe des Codes auf Seite 155–158 oder lies die Auflösung auf Seite 154.

»Nein, da waren wir im Frühjahr. Auf dieser Busreise stehen ein paar private Parks und Gärten auf dem Programm. Die meisten liegen nicht allzu weit hinter der Grenze und einer bei Amsterdam.«

Grenze! Billie ließ den Löffel sinken.

»Oh, kann ich da mitfahren, Herr Danziger? Darf ich, Mam?« *Gärten! Parks! Holland ...* Vielleicht würde da irgendwo der Löwe rumstehen. Oder gar der Bronzefisch!

»Aber wäre das nicht langweilig für dich, Billie? Weißt du noch, wie du nach eurem Klassenausflug in den Park von Sanssouci geschimpft hast?«

»Außerdem sind keine Plätze mehr frei«, sagte Herr Danziger. »Die Bustouren sind sehr beliebt und immer schnell ausgebucht.«

O Mann! So ein Pech. Billie löffelte die Suppe aus. »Darf ich noch was im Internet nachschauen, Mam? Ist für meinen Fall.«

»Hat das nicht bis morgen früh Zeit, Billie? Wir wollen doch noch die Matratzen ins Gartenhaus bringen.«

»Ach ja! Hätte ich fast vergessen.«

Herr Danziger schaute interessiert.

»Wegen der Gartendiebe müssen wir im Gartenhaus übernachten«, erklärte Billie. »Falls sie mein Büro klauen wollen. Oder das Gartentor. Oder sonst was.«

»Donnerlittchen. Aber ist das wirklich nötig?«

»Klar«, sagte Billie. »So ein schönes Gartenhaus hätten die bestimmt gerne. Oder so ein altes Eisentor. Selbst wenn es etwas quietscht.«

»Ach, ich wollte es doch ölen«, sagte Billies Mutter.

»Nein, Mam, nicht! So hören wir vielleicht, wenn sie sich in den Garten schleichen wollen, kurz nach Mitternacht. Um das Haus auseinander zu nehmen und dann auf ihren Laster zu verladen, der auf dem Weg hinter der Mauer steht.«

»Du liebe Güte, Billie, sag so etwas nicht.«

»Doch! Und wenn wir sie hören, springen wir aus der Tür und schreien: ›BUHHHHHHH!‹ Ich glaube, dann kippen die vor Schreck um.«

»Ich glaube, ich kippe schon vorher um.«

»Ach, Mam …! Siehst du, jetzt ist es wirklich schade, dass wir keinen Hund haben. Einen großen, der laut bellen kann und ganz fürchterlich gefährlich aussieht.«

»Aber Schatz, du hast dich doch inzwischen so schön mit Sophie angefreundet.«

»Na ja, ein bisschen. Aber bellen kann sie nun mal nicht.«

Als Billie von Urgroßtante Malwine die Villa Pinkernell geerbt hatte, war damit eine Bedingung verknüpft gewesen: Sophie, die Katze, musste hier wohnen bleiben dürfen. Und da Sophie keine Hunde mochte, konnte Billie keinen Hund haben.

»Manchmal glaube ich, eigentlich hat Sophie die Villa geerbt«, sagte Billie.

Herr Danziger schmunzelte und nickte. »Ja, Malwine hat gut für sie gesorgt.«

»Na schön, wenn keiner bellt, dann werde ich eben pfeifen. Also, wenn die Diebe kommen und Mam in Ohnmacht fällt und Sie meine Trillerpfeife hören, Herr Danziger, dann müssen Sie sofort angerannt kommen, ja?«

»Im Schlafanzug?«

»Na klar. Und vorher könnten Sie noch den Sheriff anrufen. Aber dann sofort kommen und mir helfen, die Diebe zu fangen und sie festzuhalten, bis die Polizei kommt. Wir könnten das Netz über sie werfen. Das funktioniert gut.«

Billies Mutter legte eine Hand an die Wange. »Billie ... wirklich! Vielleicht lassen wir das Ganze lieber.«

»Aber, Maaaaaaam! Du hast es versprochen.«

»Habe ich?«

»Na ja. Irgendwie. Ein bisschen schon.«

»Nun gut. Wir übernachten im Gartenhaus. Ich hoffe nur, die Diebe sind inzwischen über alle Berge.«

Billie hoffte das genaue Gegenteil.

Die Frage aller Fragen

Zwei Stunden später hatten sich Billie und ihre Mutter im Gartenhaus eingerichtet. Sie lagen auf den losen Polstern des Sofas und der Sessel aus dem Wohnzimmer. Die Matratzen waren viel zu schwer gewesen, um sie in den Garten zu schleppen.
Neben Billie, unter dem Schreibtisch, lagen die Trillerpfeife und das große Netz bereit und ihr Detektivkoffer mit Tims Telefonnachricht.
»Ist doch ganz gemütlich hier«, sagte Billie. Sie zog die leichte Decke bis zu ihrer Nasenspitze hoch.
Genau über ihr hing eine kleine schwarze Spinne an der Decke. Sie würde doch nicht ausgerechnet heute Nacht abstürzen?
»Das erinnert mich daran, wie ich mit Vati mal zelten war«, sagte ihre Mutter. »Die Luftmatratze war auch so hubbelig. In der Lüneburger Heide war das, bevor wir dich hatten.«
Billie schloss die Augen, obwohl es noch nicht ganz

dunkel war. Manchmal konnte sie sich dann erinnern, wie ihr Vater ausgesehen hatte. Es war nun schon sechs Jahre her, dass er bei einem Autounfall gestorben war.
»Gute Nacht, Billie.«
»Schlaf gut, Mami«, sagte Billie. Und als sei es ein Zauberspruch gewesen, hörte sie schon wenige Minuten später tiefe Atemzüge und ab und zu ein kleines Grunzen: Ihre Mutter schlief. Vorsichtig zog Billie den Detektivkoffer heran und öffnete ihn. Sie nahm ihre Taschenlampe heraus und knipste sie an, legte einen Bleistift, das Codeheftchen und Tims Nachricht auf das Laken. Wie ein Zelt zog sie die Decke über sich und begann mit dem Entziffern.*
»Genau!«, flüsterte Billie, als sie damit fertig war. Sie knipste die Taschenlampe wieder aus. Das war die Frage aller Fragen. Woher wussten die das? Woher? Waren sie vielleicht mit einem Flugzeug über Rabenstein, Großrabenstädt und Rabennest geflogen und hatten mit einem starken Fernglas von oben in die Gärten geschaut? War die Bibliothekarin viel-

---

* Was Tim Billies Mutter diktiert hat, steht auf Seite 107, die Auflösung auf Seite 154.

leicht eine Spionin für die Räuberbande? Oder gar die Bandenchefin?

»So ein Unsinn«, sagte Loreley am nächsten Morgen beim Treffen vor dem Gartenhaus. »Frau Ness hat mit der Bücherburg genug zu tun, seitdem die Assistentin im Mutterschaftsurlaub ist. Da hat sie gar keine Zeit, um auch noch die Chefin einer internationalen Diebesbande zu sein! Außerdem war das gestern erst ihre zweite Flugstunde.«
»Reg dich ab«, sagte Billie. »Es fiel mir auch nur ein wegen Tims Nachricht. Woher wussten die Diebe, wo es etwas zu holen gibt? Von einem kleinen Flugzeug aus, mit einem Fernglas, könnte man bestimmt Steinlöwen und Sonnenuhren und so was entdecken.«
Tim nickte. »Kevin Meyers sagt, das ist der springende Punkt. Man muss herausfinden, woher sie ihre Informationen hatten.«
»Und ich habe auch schon eine fabelhafte Idee«, sagte Billie. »Ich werde die Leute verhören, die bestohlen wurden. Jedenfalls die hier in Rabenstein.«
»Die werden sich nicht von einem Kind ausfragen lassen«, meinte Loreley.

»Weiß ich doch«, sagte Billie. »Die werden das gar nicht merken! Frau Hildebrandt hat auch nicht gemerkt, dass ich sie verhört habe. Ich gehe als Vertreterin. Und nebenbei frage ich sie aus.«

»Du kannst doch nicht einfach Vertreterin sein«, sagte Tim. »Da müsstest du was zum Verkaufen haben.«

»*Habe* ich«, sagte Billie. »Habe ich. Ganz viele Flaschen *Fensterglück!*«

»Eine ausgezeichnete Idee«, meinte Loreley.

»Na ja, nicht schlecht«, sagte Tim. »Aber das kannst du dir sparen. Kommissar Krawutzki ist gestern höchstpersönlich überall rumgegangen. Er hat alle Leute, die bestohlen wurden, noch mal befragt. Er hat auch etwas herausgefunden. Da ist sich Kevin hundertprozentig sicher. Und wenn er weiß, was es ist, sagt er es mir. Und ich dir.«

»Hm«, machte Billie. Die Vertreter-Idee war zu gut, um sie einfach fallen zu lassen. »Ich versuche es trotzdem. Wer weiß, ob dein Meyers etwas herausfindet.«

»Wollt ihr heute Nacht wieder hier draußen schlafen?«, fragte Loreley.

»Ja, klar. Heute war es ja ganz ruhig. Nur einmal bin

ich aufgewacht. Von einem Kratzen draußen an der Tür.«

»Nein!«, rief Loreley.

»Doch. War aber nur Sophie. Sie wollte rein.«

»Ach so.«

»Ja, sie hat sich an meine Kniekehlen gekuschelt und ist bis zum Morgen bei mir geblieben. War schön.«

Ein lauter Pfiff ertönte. »Das ist meine Mam. Ich kann jetzt an den Computer. Kommt ihr mit?«

»Nein, ich muss zum Freibad«, sagte Tim. »Ich habe heute eine doppelte Schicht. Aber ich zeige den Kids das Bild von der Gartenfee. Vielleicht hat jemand sie irgendwo gesehen.«

»Ja, tu das«, sagte Billie. »Loreley?«

»Nee. Ich kenne die Bilder doch schon. Außerdem sollen heute neue Kinderbücher ankommen. Ich darf helfen die Kartons auszupacken. Das ist immer so aufregend!«

»Aufregender als Verbrecher zu jagen?«

Loreley nickte.

»Na gut«, sagte Billie. »Aber versprich mir, dass du in der Bücherburg auch die Kopie von der Gartenfee rumzeigst. Irgendjemand hat das Bäumchen, in dem sie hing, vielleicht gekauft. Und sie entdeckt. Und sie seinem Kind geschenkt.«

»Okay«, sagte Loreley.

»Sagt, dass eine Belohnung ausgesetzt ist.«

Tim blieb stehen. »Von wem?«

»Na, von mir«, sagte Billie.

»Und was ist die Belohnung?«, wollte Loreley wissen.

»Weiß ich noch nicht.« Außer vierundzwanzig Flaschen *Moosmörder* fiel ihr im Augenblick leider nichts ein. »Sage ich euch beim nächsten Mal.«

»Und welche Internetadresse willst du dir ansehen?«, fragte Billies Mutter.

»Es ist eine englische, sagte Loreley. Frau Ness hat sie gefunden. Da werden lauter gestohlene Sachen abgebildet. Wo hab ich nur den Zettel?« Billie wühlte sich durch ihre Hosentaschen. Ihr Notizheft, ein Bleistiftstummel, das Taschenmesser, Loreleys Code, ein altes Bonbon, eine zusammengeknüllte Quittung der Autowerkstatt Ley, zehn Cent … »Ah, hier.« Der kleine Klebezettel hatte sich an die Kopie ihrer Anzeige geheftet.

Billie tippte die Adresse in die Adresszeile. Ihre Mutter beugte sich über Billies Schulter. »Da, klick das mal an, Billie. *Garden antiques* – das heißt Garten-Antiquitäten.«

Billie klickte und suchte und fand Fotos und Beschreibungen der in Rabenstein gestohlenen Gegenstände.

Stolen in Rabenstein, Germany stand neben jedem Bild mit einer englischen Beschreibung: Gestohlen in Rabenstein, Deutschland. *Please contact: Rabenstein Police:* Bitte kontaktieren Sie die Polizei von Rabenstein. Dann folgte die Telefonnummer des Sheriffs.

»Du dicke Socke! Wahnsinn!«

Billie druckte die Fotos von dem Löwen, dem Bronzefisch und der Sonnenuhr aus. Vielleicht könnte Herr Danziger sie morgen mit nach Holland nehmen und in den Gärten und Parks nach dem Diebesgut Ausschau halten!

Der Verdacht

Billie musste zweimal klingeln, ehe Herr Danziger aufmachte. »Ah, guten Morgen, Billie. Ich nehme an, ihr hattet eine ruhige Nacht im Gartenhaus? Jedenfalls habe ich keine Trillerpfeife gehört.«
»Ja, leider ist gar nichts passiert. Herr Danziger, ich wollte Sie fragen, ob Sie morgen in Holland etwas für mich tun könnten.«
»Natürlich, Billie. Worum geht es denn?«
»Kann ich eben reinkommen? Dann kann ich es Ihnen besser erklären.«
»Äh ... na gut. Tritt ein.«
»Störe ich? Es geht ganz schnell.«
»Nein, nein, ist schon in Ordnung.« Herr Danziger ging vor ins Wohnzimmer. Er nahm eine Zeitung vom Sessel und legte sie ausgebreitet auf seinen Schreibtisch. Aber nicht, bevor Billie das goldgeränderte Briefpapier gesehen hatte und einen Stapel passender Umschläge.

Hm ... er hatte gerade einen dieser geheimnisvollen Briefe geschrieben, darauf würde sie wetten. Und eines Tages würde sie herausfinden, worum es da ging.

»Nimm doch Platz, Billie.«

Billie ließ sich in einen der Sessel sinken. »Also, es geht um die Busfahrt nach Holland. Ich woll-« Ihr Blick fiel auf die Blumenvase, die sie gestern fast umgeworfen hatte. Sie riss ihre Augen auf.

»Ja, Billie?«

»Öh ...« Blaue Blüten! Veilchenblaue Blüten! Das Foto in der Illustrierten von Frau Hildebrandt! Wieso war ihr das gestern nicht aufgefallen? »Ich bin eine dumme Nuss.«

»Fühlst du dich nicht wohl, Billie?«

»Wie? Ja! Ich hab vergessen, was ich wollte. Ich muss gehen. Tschüs!« Billie hievte sich aus dem Sessel und rannte zur Tür. Sie rannte auf die Straße und die Straße entlang, bis sie in den Wald einbiegen konnte.

Dort ließ sie sich am Wegesrand auf einen Moosteppich sinken und lehnte sich an einen Baumstamm. Woher hatte Herr Danziger die seltene und kostbare Veilchen-Orchidee, die nicht nur der Stolz der Gräfin mit den Augenbrauen war, sondern die auch mit dem ganzen Orchideengewächshaus in Großrabenstädt gestohlen worden war?

Herr Danziger hatte nicht viel Geld. Wieso stand in seiner Vase eine so teure Blume? Eine Blume, die man nicht auf der nächsten Wiese pflücken konnte. Oder einfach so im Blumenladen kaufen.

»Oje, oje«, flüsterte Billie. Er konnte doch nichts mit den Dieben zu tun haben! Oder? Nicht ihr Herr Danziger! Andererseits bekam er all diese Post. Haufenweise geheimnisvolle Briefe. Und schrieb selbst auf vornehmem Goldrandpapier Briefe, die niemand sehen sollte. *Und* er fuhr oft nach Holland. In einem großen Bus, der bestimmt einen riesigen Kofferraum hatte. Darin konnte man sicher einen Steinlöwen oder ein antikes Klo-Häuschen über die Grenze schmuggeln.

»Ach je«, sagte Billie. »In Südamerika war er ja auch.« Da hatte er sogar gelebt. Und in Asien ebenfalls. Bestimmt hatte er dort überall Kontakte. Genau solche Kontakte, wie sie der Chef einer internationalen Bande brauchte … Vielleicht war Herr Danziger der Gangsterboss? Billie wurde ein bisschen übel. Was sollte sie nur tun?

Sie wollte Herrn Danziger nicht an Interpol ausliefern oder an Kommissar Krawutzki. So viel war klar. Nicht einmal an den Sheriff.
Vielleicht könnte sie ihn verstecken. Im Gartenhaus. Oder er könnte sich der Polizei stellen und ein Geständnis ablegen. Oder gleich mehrere. Dann müsste er möglicherweise nur ganz kurz ins Gefängnis. Oder gar nicht. Ja, vielleicht wäre das am besten.
Billie stand auf und machte sich auf den Weg nach Hause. Je näher sie der Villa Pinkernell kam, desto langsamer wurde sie. Schweren Herzens drückte sie auf den Klingelknopf neben Herrn Danzigers Tür.
»Ah, Billie, da bist du ja wieder. Was war denn vorhin los? Du warst ja weg wie ein geölter Blitz!«
»Kann ich reinkommen?« Billie sah auf die Fußmatte. Und auf ihre Schuhe. Überallhin, nur nicht in das Gesicht von Herrn Danziger.
»Natürlich. Komm rein. – So, jetzt setzen wir uns und du erzählst mir in aller Ruhe, was dich bedrückt.«
Billie blieb auf der Sesselkante sitzen. »Vorhin … da … da bin ich so schnell weggerannt, weil … na ja, ich hatte die Veilchen-Orchidee hier auf dem Tisch gesehen – und mir kam so ein Verdacht … und da

wollte ich erst mal drüber nachdenken. Im Wald. Und das habe ich getan. Und jetzt bin ich mir ziemlich sicher. Dass ich mit meinem Verdacht Recht habe, meine ich. Und ... ich dachte, ich sage es Ihnen lieber. Vielleicht wollen Sie ja ein Geständnis ablegen ...«

Herr Danziger schlug sich mit beiden Händen auf die Schenkel. »Donnerlittchen!«

Billie zuckte zusammen.

»Das kommt davon, wenn man mit einer Privatdetektivin in einem Haus wohnt! Wie bist du denn hinter mein Geheimnis gekommen?«

»Ach, ich habe Frau Hildebrandt verhört ...«

»Und die wusste davon? Das wundert mich.«

»Nein, gewusst hat sie es nicht. Sonst hätte sie bestimmt ihren Mann eingeweiht. Aber sie hat mir einen Hinweis gegeben. Und dann habe ich kombiniert. Nachdem ich vorhin die Blume hier gesehen habe.«

»Respekt, Respekt, Billie. Sherlock Holmes hätte es nicht besser machen können. Und nun meinst du, ich soll ein Geständnis ablegen.«

»Ja, ich glaube, das wäre am besten. Ich habe daran gedacht, Sie im Gartenhaus zu verstecken, aber –«

»Mich im Gartenhaus zu verstecken? Warum das denn?«

»Na, damit Interpol Sie nicht kriegt. Oder Kommissar Krawutzki. Oder der Sheriff.«

»Das wolltest du für mich tun? Da bin ich ja richtig gerührt ... Aber ich glaube nicht, dass die Polizei hinter mir her ist, Billie. Die hat hoffentlich Besseres zu tun. Schließlich habe ich ja niemanden umgebracht.« Herr Danziger schmunzelte.

Dass er noch Witze machen konnte, wo Interpol ihm auf den Fersen war!

»Doch ich verspreche dir, ich werde es nicht wieder tun.«

»Oh, das ist gut«, sagte Billie erleichtert. »Aber trotzdem –«

»Und zur Strafe werde ich ...« Herr Danziger überlegte.

»Ja? Was werden Sie? Vielleicht wäre es schon das Beste, Sie würden es dem Sheriff beichten.«

»Meinst du wirklich? So gut kenne ich ihn eigentlich nicht.«

»Ich glaube, das spielt keine Rolle, wenn man ein Geständnis ablegen will.« Sonst könnten ja manche Verbrecher nie ihre Taten gestehen. Nur weil sie keinen Polizisten wirklich gut kannten. »Nee, ich glaube, das ist piepegal, Herr Danziger. Wenn Sie wollen, komme ich mit zur Polizeiwache.«

»Das ist nett, Billie, aber zur Polizei gehe ich nicht.« Herr Danziger schüttelte den Kopf. »Ich fürchte, Herr Hildebrandt würde mich für ein bisschen verrückt halten. Nein, ich sage dir, was ich tun werde: ich gehe zum *Bäcker*.«

»Zum Bäcker?« Vielleicht war er ja wirklich ein bisschen verrückt?

»Ja, da kaufe ich eine schöne Torte und wir feiern meinen Geburtstag nach.«

»Ihren Geburtstag nach?« Billie sprang auf. »Ihren GEBURTSTAG?! Sie ... Sie ... hatten Geburtstag?« Billie starrte Herrn Danziger an. »Reden Sie etwa die ganze Zeit über Ihren Geburtstag?«

Herr Danziger nickte.

»Dann sind Sie *kein* Verbrecher?«

»Nein, bin ich nicht.«

»Aber die Veilchen-Orchidee?«

»Ein Geschenk von einem Freund aus Brooklyn. Er züchtet Orchideen und schickt mir jedes Jahr eine zum Geburtstag.«

»Du dicke Socke. Dann sind Sie ja unschuldig.«

»Tut mir Leid, wenn das eine Enttäuschung für dich ist, Billie.«
Billie schüttelte langsam den Kopf. »Nei-ein, das ist doch keine Enttäuschung ... Nein! Das ist ganz ... große ... Klasse!« Sie ergriff Herrn Danzigers rechte Hand und schwenkte seinen Arm auf und ab. »Herzliche Glückwünsche! Ganz herzliche Glückwünsche nachträglich! Zum Geburtstag. Und weil Sie kein Gangster sind. Super!«
Sie ließ sich in den Sessel fallen, streckte die Beine von sich und faltete ihre Hände auf dem Bauch. Ihr Lächeln war so breit, dass eine kleine Banane quer in ihren Mund gepasst hätte.
»Vielen Dank«, sagte Herr Danziger. »Darf ich auch erfahren, unter welchem Verdacht ich stand?«
»Hmmm«, machte Billie und merkte, wie sie rot anlief. Wie hatte sie nur glauben können, Herr Danziger könnte der Kopf einer internationalen Bande sein? »Öhhh ... Hab ich Ihnen eigentlich schon gesagt, dass ich für eine Baskenmütze spare? So eine wie Ihre?«
»Hast du. Letzte oder vorletzte Woche.«
»Ach so. Ja. Mhh ... Ach, wissen Sie schon, was für eine Torte Sie beim Bäcker kaufen wollen?«

Herr Danziger nickte. »Was ich aber nicht weiß, ist, warum du glaubtest, die Polizei wäre hinter mir her.«

Billie sagte es ihm.

Herrn Danzigers blaue Augen wurden rund. Er kratzte sich hinter dem Ohr. »Junge, Junge«, sagte er. »Da traust du mir ja einiges zu. Wirklich. In meinem Alter.« Er fing an zu lachen. »Ein Gangsterboss! Billie, du bist unbezahlbar!« Er lachte wieder. Erst ein leises »Höh-höh«, dann wurde er immer lauter.

Billie prustete los. Herr Danziger klopfte sich auf die Schenkel. In seinen Augen standen Lachtränen. Billie hielt sich die Seiten. »Ich kann nicht mehr«, japste sie.

Die Türklingel läutete.

»Ich geh schon«, rief Billie und wankte zur Tür. Sie fühlte sich ganz schwach. »Oh, hallo, Mam!«

»Hier scheint es ja lustig herzugehen. Ihr wart durch das offene Fenster bis in mein Büro zu hören. Zum Glück. So brauchte ich nur dem Lachen zu folgen, um dich aufzuspüren.«

»Herr Danziger hatte Geburtstag. Du kannst ihm gratulieren. Die Torte gibt es später.«

Billie folgte ihrer Mutter ins Wohnzimmer.

»Guten Tag, Herr Danziger. Ihr Geburtstag scheint Sie ja sehr fröhlich zu stimmen! Ich wünsche Ihnen nachträglich alles Gute.«

Herr Danziger war aufgestanden und verbeugte sich. »Vielen Dank, Frau Pinkernell. Aber was mich so fröhlich stimmte, war eigentlich mehr Billie. Sie dachte, Interpol sei hinter mir her.« Seine Mundwinkel zuckten schon wieder.

»Aber Billie! Das geht wirklich zu weit, Kind.«

»Ich weiß, Mam. Es war auch nur wegen der Blumen. Die –«

»Schimpfen Sie nicht mit Ihrer Tochter. Sie wollte mich ja vor der Polizei verstecken.«

»Wie bitte? Das wird ja immer schöner …« Billies Mutter schaute zwischen ihrer Tochter und Herrn Danziger hin und her. »Es geht doch nicht, dass du einen Verbrecher versteckst, Billie.«

»Aber er ist doch gar keiner, Mam. Und das freut mich auch. Ganz unglaublich freut mich das sogar. Obwohl ich mit meinem Fall jetzt kein Stückchen weiter bin.«

»Ach, Billie, weshalb ich überhaupt gekommen bin: Tim hat angerufen.«

»Hat er irgendwas mit Rotbarsch gesagt?« Sie hatte jetzt überhaupt keine Lust auf verschlüsselte Mitteilungen. Außerdem hatte sie Hunger.

»Nein, Fisch hat er nicht erwähnt. Nur dass er noch eine halbe Stunde in der Redaktion vom *Rabensteiner Boten* ist. Du möchtest ihn bitte dort anrufen. Die Nummer habe ich notiert.« Billies Mutter zog einen Zettel aus ihrer Blusentasche und gab ihn Billie.

»Danke, Mam. Tschüs, Herr Danziger. Wann gibt's die Torte?«

»Die Torte, richtig. Tja, heute ist es wohl zu knapp. Morgen fahre ich nach Holland … übermorgen dann: am Sonntag um vier.«

»Passt mir gut«, rief Billie und rannte los. Aus der Wohnung, durch den Vorgarten und die Stufen hoch ins Haus. Hoffentlich erwischte sie Tim noch in der Redaktion!

Info aus der Bongo-Bar

»Da bist du ja endlich«, sagte Tim. »Manchmal ist es ganz schön doof, dass du kein Handy hast.«
»Ja, ich weiß. In Berlin hatte ich eins.« Ein himmelblaues mit ziemlich hohen Abrechnungen jeden Monat. »Als meine Mutter ihre Arbeit verlor und wir sparen mussten, habe ich es auf dem Flohmarkt verkauft. Außerdem wusste ich ja nicht, dass ich hier ein Detektivbüro haben würde. Was gibt's denn Neues?«
Tim senkte seine Stimme. »Kevin hat aus Kommissar Krawutzki herausbekommen, wie die Diebe herausgefunden haben, in welchen Gärten etwas Wertvolles zu holen war.«
»Wirklich? Wie denn?«
»Er hat ihm in der Bongo-Bar vier Biere und drei Schnäpse spendiert und ...«
»Nein – woher wussten die *Diebe*, wo es was zu klauen gab?«

»Ach so. Vor ein paar Wochen hatten die Leute, die bestohlen worden sind, und ihre Nachbarn Besuch von einem unauffälligen Mann, den keiner richtig beschreiben kann. Er ging von Haus zu Haus ...«

»Wie ein Vertreter!«

»Ja. Er war aber keiner. Er behauptete, das Fernsehen wolle ein Programm über Gärten machen, in denen es etwas Besonderes gibt. Skulpturen, seltene Pflanzen und so. Die meisten waren ganz wild darauf, ins Fernsehen zu kommen.«

»Warum das denn?«

»Keine Ahnung. Jedenfalls zeigten sie ihm genau, was sie besaßen, und verrieten, wie wertvoll es war.«

»Schön blöd.«

»Sie erzählten ihm sogar, wann sie in Urlaub sein würden und niemand zu Hause sein würde, um das Fernsehteam zu empfangen.«

»Nicht zu fassen! Da hätten sie ja gleich ein Schild an die Tür hängen können: *Wir sind in den Ferien, das Haus steht leer, wenn Sie Lust haben, klauen Sie doch bitte, bitte unser antikes Klo-Häuschen!*«

»Da ist was dran. Jedenfalls brauchst du jetzt nicht als *Fensterglück*-Vertreterin von Haus zu Haus zu ziehen.«

»Stimmt! Schade, ich hatte mich schon darauf gefreut. Hast du das Bild von der Gartenfee rumgezeigt?«

»Habe ich. So ziemlich allen Kindern im Freibad und auch ein paar Erwachsenen. Niemand hat sie erkannt. Ich glaube nicht, dass du so weiterkommst.«

Nein, wahrscheinlich nicht. »Ach, so schnell gebe ich nicht auf! Sollen wir uns heute Nachmittag in der Bücherburg treffen, zu einer Lagebesprechung mit Loreley?«

»Nee, ich kann nicht, Billie. Ich hab dem Bademeister versprochen noch eine Schicht zu schieben. Der Junge, der eigentlich dran wäre, ist ausgerutscht, als er in einen Hundehaufen getreten ist, und hat sich den großen Zeh gebrochen. Und bei dem schönen Wetter ist im Freibad so viel los, da brauchen sie jeden.«

»Versteh ich.« Hoffentlich würde sich bald ein dickes Tief auf den Weg nach Rabenstein machen, mit kühlem Wetter und viel, viel Regen. »Danke. Tschüs dann.«

»Irgendwie komme ich mit meinem Fall überhaupt nicht weiter«, klagte Billie, als sie im Schatten des

Apfelbaums mit ihrer Mutter zu Mittag aß. Billie nahm sich den fünften Apfelpfannkuchen.

»Auf deinen Appetit scheint das aber keine Auswirkungen zu haben«, sagte ihre Mutter mit einem Lächeln.

»Nee, zum Glück nicht. Die könnte ich jeden Tag essen.«

»Kein Problem. Genug Äpfel haben wir ja.«

»Und wir haben sie sogar ganz umsonst! Wenn wir uns noch Hühner anschaffen würden, würden uns auch die Eier nichts kosten.«

»O nein, Billie. Keine Hühner!«

»Aber Mam, in der Bücherburg gibt es Bücher über Hühner, da steht genau drin, wie man es macht. Und die Frau vom Reisebüro sagt, sie muss Eierfrau werden, wenn die Diebe nicht bald gefunden werden, weil die Leute jetzt zu Hause bleiben, um auf ihre Gärten aufzupassen. Die könnte unsere übrigen Eier noch verkaufen!«

Billies Mutter lachte. »Nein, danke. Lieber nicht. Außerdem wird mir das Übersetzungsbüro, mit dem ich neulich telefoniert habe, künftig ab und zu kleine Texte zum Übersetzen geben. Die zahlen ganz gut. Da können wir uns die Eier problemlos leisten.«

»Ach so.« Schade! Na ja, eigentlich schön. »Dann gehe ich jetzt mal runter in den Ort und zeige das Bild von der Gartenfee rum. Sonst fällt mir gar nichts mehr ein …«

Sophie näherte sich langsam durchs hohe Gras, den Blick aus ihren grünen Augen auf Billie gerichtet. Billie zwinkerte ihr zu. Sophie zwinkerte zurück. Sie strich um Billies Beine, dann sprang sie auf ihren Schoß. Sophie senkte den Kopf und stieß ihn zweimal gegen Billies Brust.

»O Mam, das hat sie noch nie gemacht!«, wisperte Billie. »Noch nie hat sie auf meinem Schoß gesessen!« Billie strich Sophie mit ihren Fingerspitzen über den Kopf und kraulte ihren Nacken. Sophie begann zu schnurren. Billie beugte sich vor und gab Sophie genau zwischen die Ohren einen Kuss. Ihr Fell roch nach Heu und nach Sonne. Billie atmete den Duft ein. »Mmhhhh …« Gleich fühlte sie sich viel besser.

Sophie erhob sich. »M-m-mau!«, machte sie, sprang auf den Boden und verschwand durchs hohe Gras.

»Genau!«, sagte Billie. »Ich muss auch los! Tschüs, Mam.«

Gelöste und ungelöste Fälle

Es war gar nicht so einfach, die Leute in den Straßen von Rabenstein dazu zu bewegen, sich die Fotokopie mit der Gartenfee gründlich anzusehen. Manche dachten, Billie würde Reklamezettel verteilen, und sagten: »Nein, danke«, bevor Billie mehr gesagt hatte als »Entschuldigung, würden Sie bitte …«.
Andere dachten ebenfalls, es ginge um Reklamezettel, und wollten ihr das Blatt abnehmen. Ein dünner Mann mit dünnen Lippen hielt die Kopie so fest, dass eine Ecke abriss, als Billie ihm die Seite mit einem Ruck aus den Händen riss.
»Unverschämt!«, sagte er und ging weiter.
»Selber unverschämt!«, rief Billie ihm hinterher.
Ein paar wenige Menschen blieben stehen, hörten Billie zu und sahen sich die Gartenfee genau an. Dann schüttelten sie den Kopf. »Nein, tut mir Leid. Habe ich noch nie gesehen.«
Wen sollte sie nun ansprechen? Billie ließ ihren

Blick schweifen. Zum Glück. Denn sonst hätte sie nicht gesehen, wer da gerade um die Ecke bog: Herr Hugendubel, Arm in Arm mit seiner Frau! Billie sah wild um sich. Sollte sie sich flach hinwerfen und unter das neben ihr geparkte Auto rollen? Noch hatte er sie nicht entdeckt.

Dingeldidong machte die Ladenklingel, als eine Frau aus dem Geschäft trat, vor dem Billie stand. Billie sprintete los und rannte durch die noch geöffnete Tür in den Laden. Gerade noch geschafft! Billie ließ sich in einen rosa Samtsessel fallen. »Puhhh«, sagte sie. »Das war knapp!«

Eine Dame in einem schwarzen Kostüm trat vor Billie. »Bist du sicher, dass du zu uns wolltest?«

Billie sah sich um. Vitrinen voller Büstenhalter! Eine Schaufensterpuppe in einem schwarzen Spitzenkorsett. Seidene Nachthemden auf silbernen Kleiderbügeln ... Billie stand auf. »Öh«, sagte sie. »Nee. Kleiner Irrtum.«

»Dann auf Wiedersehen«, sagte die Frau und hielt Billie die Tür auf. *Dingeldidong* klingelte es wieder und Billie stand auf der Straße. Das Ehepaar Hugendubel war nicht mehr zu sehen. Aber vielleicht trieb es sich ja noch in der Gegend herum. Mit großer Vorsicht bewegte Billie sich weiter in Richtung Bücherburg – immer bereit, in einem Hauseingang zu verschwinden oder sich hinter ein Auto zu ducken.

Billie erstarrte. Nicht Herr Hugendubel näherte sich auf dem Bürgersteig, aber die kleine Doro Ahlhorn mit ihren Eltern. Fast genauso schlimm. Denn viel hatte sie für ihre Auftraggeberin ja noch nicht herausgefunden. Ob Doro ihre Gartenfee je wiedersehen würde, war sehr fraglich. Das wollte Billie der Kleinen lieber nicht sagen müssen. Jedenfalls nicht heute.

Billie huschte in die Auffahrt neben einer Pommesbude und kniete sich hinter ein paar Mülltonnen. Ihr rechtes Knie kniete sehr weich. Es ruhte auf einem Pappteller mitten in einem Rest Ketchup. O nein! Der klebrig rote Fleck auf ihrer hellblauen Jeans sah übel aus.

Ob andere Detektivinnen sich auch vor ihren Kunden verstecken mussten, weil sie mit ihren Fällen nicht richtig weiterkamen? Und in Läden voller BHs oder in altem Ketchup landeten?

Dies schien nicht ihr Glückstag zu sein. Und so wunderte sich Billie auch nicht, als sie Rupert in der

Bücherburg entdeckte – zu spät, um sich noch hinter dem Fotokopierer zu verstecken. Er hatte einen riesigen Bildband über Motorräder unter dem Arm und war auf dem Weg nach draußen.

»Hi, Billie. O Mann! Hattest du einen Unfall?« Er starrte auf die rot verschmierte Stelle auf Billies Hosenbein.

»Mh. Ein kleines Missgeschick gerade. Nicht so schlimm.«

»Nee? Musst du wissen. Aber ich würde so nicht rumlaufen.«

Billie hatte es satt, mit den Hugendubels über Hosen zu reden. »Aha. Tschüs dann, Rupert. Ich muss jetzt Loreley suchen.«

»Hier bin ich, Billie.« Loreley kam aus dem Büro hinter der Verbuchungstheke.

»Ey – warte!« Rupert hielt Billie am Ärmel fest. »Ist dir schon was wegen meiner Bücherliste eingefallen? Mein Alter macht jeden Tag Bemerkungen darüber. Ich werd langsam 'n bisschen nervös. Kein Taschengeld! Mann! Das geht nicht.«

»Tja ...« Billie sah, wie ein Mädchen einen Stapel Hörkassetten auf die Theke legte. »Natürlich ist mir was eingefallen, Rupert. Wenn du nicht lesen magst, hörst du dir die Geschichten eben an! Ist doch eine gute Idee.«

Rupert schüttelte den Kopf. »Verstehst du nicht? Das ist alles so lang. Endlos. Ich kann mir das nicht alles merken. Und dann auch noch erzählen. Ich kann das nicht.« Er machte ein gequältes Gesicht.

Nun tat er Billie Leid. Wenn sie an die Rechnung der Spezialreinigung dachte, tat sie sich selber auch Leid.

»Moment. Warte hier, ja?« Billie zog Loreley in die andere Ecke des Raumes, hinter eine große Topfpalme. »Du bist doch die Bücherexpertin. Hast du nicht eine Idee?«

»Er ist ein schwerer Fall. Schade, dass er den Vater nicht wechseln kann. Erzähl mir noch mal haargenau, welche Aufgabe Herr Hugendubel dir gestellt hat.«

Billie kniff die Augen zusammen. »Also ... Rupert soll sich mit fünf Büchern auf seiner Sommer-Leseliste befassen. Soll mehr als nur die erste Seite von jedem Buch lesen und später ein paar Sätze über den Inhalt des Buchs sagen können.«

Loreley wickelte eine Haarsträhne um einen Zeigefinger und dachte nach. »Hm. Hm ... genau ... ja, ich hab's. Ist doch ganz einfach. Rupert soll mehr als die erste Seite lesen, also liest er zwei. Das kann er ja wohl. Und *ich* lese das *ganze* Buch und schreibe eine ganz kurze Inhaltsangabe. Die lernt er auswendig und sagt sie auf, wenn er was zum Buch sagen soll. Das ist alles.«

»Das ist aber nicht, was Herr Hugendubel meinte.«

»Nein, aber es ist, was er sagte!«

»Stimmt«, sagte Billie. Sie lief zurück zu Rupert. Der war begeistert. Und erleichtert. »Aber vielleicht gehst du doch noch zum Arzt, Billie. Wäre doch schade, wenn du verbluten würdest«, sagte er und ging.

»Spinnt der?«, fragte Billie.

»Nein.« Loreley lachte. »Er hält das Rote an deinem Knie für Blut.«

»Der eine Fall ist nun so gut wie erledigt«, erzählte Billie ihrer Mutter beim Abendessen. »Loreley hatte nämlich eine geniale Idee. Aber der andere ... ich komme und komme damit nicht weiter.«

»Ein Fall erledigt! Ich gratuliere, Schatz. Das ist doch toll. Und der andere – du weißt, dass auch die Polizei nicht alle Fälle aufklärt, ja? Oder manchmal

erst nach Jahren eine Lösung findet. Auch eine Privatdetektivin wird hin und wieder Fälle haben, die ungelöst bleiben, meinst du nicht?«
Billie nickte. Wahrscheinlich war das so. Es machte aber überhaupt keinen Spaß, einen Fall *nicht* aufzuklären. Jeder konnte einen Fall nicht-aufklären. Dazu musste man nicht Privatdetektivin sein. Sie sagte: »Vielleicht tauchen die Gartendiebe ja heute Nacht auf, wenn wir im Gartenhaus schlafen. Ich werde das Netz wieder bereitlegen. Und ich könnte das Tor ein bisschen auflassen. Das würde so richtig einladend aussehen. Wenn sie wieder hinter der Mauer parken und das sehen ...«
»Nein, Billie. Das Tor wird abgeschlossen. Wie immer.«
»O Maaaaam!«
»Und deine Hose wirfst du bitte gleich noch in die Waschmaschine, ja? Aber leere vorher die Taschen aus.«
»Okay.« Billie wusste, wann sie geschlagen war. Doch sie würde versuchen wach zu bleiben und auf Motorengeräusche lauschen.

Der Beweis!

Leider schlief sie wie ein Murmeltier. So was Blödes! Die Diebe hätten im Garten eine Disko veranstalten können und sie hätte es verpennt. Weil ihre Mutter noch eine Runde dösen wollte, machte sich Billie allein auf den Weg zum Haus.
Nach dem Duschen nahm Billie die dunkelblaue Latzhose aus dem Schrank und zog sie an. Auf der Kommode lag ihr Hosentascheninhalt von gestern. Sie begann ihn zu verstauen. Ihr Notizheft, den Bleistiftstummel und Loreleys Code steckte sie in die Brusttasche, das Taschenmesser in die Knietasche und das alte Bonbon in den Mund. Himbeergeschmack? Möglicherweise. Sie glättete ein zusammengeknülltes Stück Papier, das konnte weg. Es war nur eine Quittung der Autowerkstatt Ley. Hatte Loreley ihr die gegeben? Stand irgendwo *Rotbarsch* drauf? Nee, nur der Firmenaufdruck und mit blauem Kuli ein Datum und ein Gekritzel. Irgend-

was mit Reifen, eine Abkürzung und ein Geldbetrag: 47,– Euro. Billie knüllte das Papier zusammen und warf es quer durchs Zimmer in den Papierkorb.
»Dicke Socke!«, quietschte sie und hechtete hinterher. Sie fischte die Quittung aus dem Papierkorb und strich sie wieder glatt. Ihr war eingefallen, wo sie die Quittung gefunden hatte. Und wann. Gefunden am Morgen nach der Nacht, in der die Diebe den Bronzefisch geklaut hatten! Gefunden auf dem Weg, auf dem der Lastwagen geparkt worden war!
»Ach du dicke, dicke …« Ihr Herz schlug mit einem Mal wie wild.
Sorgfältig legte Billie das Beweisstück in ihr Notizbuch, steckte es wieder in die Brusttasche, knöpfte sie zu und rannte los. An der Haustür machte sie kehrt. Sie hatte vergessen ihre Schuhe anzuziehen. Nur gut, dass sie kein Gebiss trug. Es war halb acht, da musste Loreley noch zu Hause sein. Die Bücherburg öffnete samstags erst um zehn.
Völlig außer Atem kam Billie im Hof der Autowerkstatt Ley an. Die Tür, die hoch zur Wohnung der Leys führte, war nur angelehnt. Billie trat ein und lief die Treppe hinauf in die Küche.
Frau Ley hatte schon eine Kundin, der sie an einem

Handwaschbecken in der Ecke die Haare wusch.
»Guten Morgen, Billie«, sagte sie. »Schon so früh unterwegs?«
Loreley, die am Küchentisch saß und Zeitung las, sah auf. »Hi. Was gibt's?«
»Hallo«, sagte Billie. »Ich wollte Loreley was fragen.« Sie ruckte mit dem Kopf, als Loreley keine Anstalten machte aufzustehen. »Komm runter!«, flüsterte sie.
Loreley faltete die Zeitung zusammen, klemmte sie unter den Arm und folgte Billie in den Hof. »Was ist denn?«
Billie nahm die Quittung heraus. »Guck mal. Hab ich auf dem Weg neben unserem Gartentor gefunden! Nachdem die Diebe dort geparkt hatten. Ich glaube, die waren hier bei euch in der Werkstatt, für eine Reparatur oder so was. Ich kann die Schrift nicht richtig lesen!«
»*Was?*« Loreley beugte sich über das Papier. »Das wär ja ein Ding! Ja, das ist die Kritzelschrift von Rolf, unserem Kfz-Mechaniker. Komm mit!« Sie zerrte Billie hinter sich her in die Werkstatt. »Rolf?!«
»Ja?« Ein junger Mann in einem ölverschmierten Overall kam aus einem kleinen Büro.

Billie hielt ihm die Quittung vor die Nase. »Erinnern Sie sich daran?«

»Zeig mal her. Hm ... Ja, das war dieser grüne Lastwagen, der am Montag da war. Warum?«

Billie schluckte. »Kö-kö-können Sie sich an den F-F-Fahrer erinnern?«

Rolf überlegte. »Nein«, sagte er. »Ich erinnere mich immer nur an Autos.«

Mist. »Können Sie das Auto genauer beschreiben? Gab es irgendwelche besonderen Kennzeichen? Ich *muss* es finden!«

»Es hatte jede Menge Macken, ich weiß nicht, ob ich dir die alle beschreiben kann. Und der Reifendruck war zu hoch, aber sie hatten wohl vor, etwas Schweres zu transportieren. Reicht dir nicht die Autonummer, um es zu identifizieren? Die habe ich oben notiert.«

»AUA!« Loreley und Billie hatten sich gleichzeitig nach vorn gebeugt, um auf die Quittung zu sehen.

»Hier«, sagte Rolf. »Wurde in Großrabenstädt zugelassen: GRORA – VV 379.«

»Hah!«, schrie Billie.

»Sensationell«, rief Loreley.

»Jetzt haben wir sie ...« Billie ließ sich auf einem

Stapel Autoreifen nieder. Und sie hätte das Beweisstück beinahe weggeworfen! »Darf ich mal telefonieren?«

Der Sheriff wollte erst gar nicht glauben, was Billie ihm da erzählte. »Sie haben bei euch geparkt? Du hast sie belauscht? Warum hast du mir das denn nicht gemeldet?«
»Hab ich doch versucht! Neulich, bei dem geklauten Garten. Sie haben mir ja nicht zugehört. Ich soll mich nicht einmischen, haben Sie gesagt.«
»Habe ich das? Tut mir Leid, Billie. Da war ich wohl ein bisschen voreilig. Moment ... ich lasse das Autokennzeichen gerade vom Polizeicomputer überprüfen. Hm ... du könntest Recht haben. Das Auto gehört einer Spedition in Großrabenstädt. Die Besitzer sind drei Brüder. Kalle, Pepe und Marvin Dippel. Pepe und Kalle haben Vorstrafen. Wir werden sie uns sofort vorknöpfen.«
»Kann ich mitkommen?«
»Leider nicht, Billie. Und wir kommen jetzt alleine zurecht. Aber ich werde dir Bericht erstatten.«
»Och, puuuh«, sagte Billie und legte auf. »Gemein. ›Sie kommen jetzt alleine zurecht‹, sagt er.«

Überführt von Billie Pinkernell

Gegen elf stürmten zwei Polizisten aus Großrabenstädt in die Bücherburg. Billie war dabei, ihre Anzeige wieder an das schwarze Brett zu pinnen, und fuhr herum. Fast hätten sie Herrn Hugendubel über den Haufen gerannt.

Frau Ness schüttelte den Kopf. »Aber, meine Herren ...«

»Wir suchen Billie Pinkernell«, sagte der eine Polizist. »Sie soll hier sein.«

»Und warum –«

»Da steht sie«, fiel Herr Hugendubel der Bibliothekarin ins Wort. Er deutete auf Billie.

»Ah«, sagte der zweite Polizist und nahm Billie beim Arm. »Wir müssen dich mitnehmen.«

»Was hat sie denn jetzt schon wieder angestellt?«, wollte Herr Hugendubel wissen.

»Aber Sie können doch nicht einfach das Kind –«, rief Frau Ness.

»Ist schon in Ordnung«, sagte Billie und ließ sich widerstandslos abführen. »Ich wollte schon immer mal in einem Polizeiauto mitfahren. Schalten wir die Sirene ein?«
Die Polizisten guckten sich an.
»Der Chef *hat* gesagt, wir sollen uns beeilen ...«, meinte der eine. »Okay, ich mache sie an. Hüpf rein.«
Auf der Polizeiwache von Großrabenstädt wurde Billie vom Sheriff empfangen. »Kommissar Krawutzki telefoniert gerade mit Interpol«, sagte er. »Wir haben die drei Dippel-Brüder und den grünen Lastwagen hergebracht. Sie leugnen, irgendetwas mit den Diebstählen zu tun zu haben. Und um die Zeit, in der du sie gehört haben willst, ist aus ihrer Wohnung telefoniert worden. Einer der Brüder war also auf jeden Fall zu Hause. Sie behaupten, sie seien *alle* dort gewesen. Die ganze Nacht hätten sie Karten gespielt.«
»Haben sie denn ihr Auto verliehen?«, fragte Billie.
»Sie sagen Nein. Billie, ich weiß, dass du sie in der Nacht nicht gesehen hast –«
»Aber gehört!«

»Ja, und deshalb hoffen wir, dass du vielleicht einen identifizieren kannst, wenn du sie sprechen hörst.«
Billie nickte und schluckte. Eine Gegenüberstellung!
Herr Hildebrandt führte sie in einen Raum, in dem nur ein Tisch und zwei Stühle standen. Drei dunkelblonde Männer Mitte zwanzig lehnten an der Wand.
»Hör einfach zu«, sagte der Sheriff. »Du brauchst nichts zu sagen. Und keine Angst.«
Billie setzte sich auf einen Stuhl.
»So, meine Herren«, sagte der Sheriff. »Sagen Sie bitte jeder Ihren Namen und Ihr Alibi für Montagnacht.«
»Marvin Dippel. Hab mit meinen Brüdern Skat gespielt.«
»Ich bin der Pepe. Habe Karten gespielt.«
»Kalle Dippel. Ebenso.«
Billie schüttelte den Kopf. Sie hatte keine Stimme erkannt. Sie stand auf und sah sich die Dippels aus der Nähe an.
»Was macht überhaupt dieser Zwerg hier«, wollte Pepe wissen.
»Ich bin kein Zwerg, ich bin Privatdetektivin«,

sagte Billie, bevor der Sheriff den Mund aufmachen konnte.

Pepe lachte. »Detektivin? Dass ich nicht lache. Das geht doch gar nicht.«

Billie verschränkte ihre Arme und zog die Augenbrauen zusammen. »Geht doch!«, sagte sie und stampfte mit dem Fuß auf, stampfte genau auf die Spitze von Pepes Schuh.

»Au-au, mein Zeh!«, rief Pepe.

»Oh, entschuldigen Sie, das habe ich nicht –« Billie unterbrach sich und starrte Pepe an. »ER war's!«, sagte sie. »IHN habe ich gehört in der Nacht! ›Au-au, mein Zeh!‹, hat er gesagt, ganz genau so wie jetzt.«

»Ich hab Hühneraugen«, sagte Pepe. »Und wenn …«

»Nun sei doch still!«, zischte Kalle.

»Hach! Er auch, er auch!« Billie sprang auf und ab. »Hundertprozentig, die beiden waren es.«

Der Sheriff lächelte. »Vielen Dank, meine Herren. Wir sprechen uns später wieder.« Er ging mit Billie hinaus und in ein Büro. »Das hast du großartig gemacht, Billie. Und du bist dir wirklich sicher?«

Billie zog ihr Notizheft hervor. »Hier steht's!«

zwei Männer
sprechen DEUTSCH!; sagen du zueinander
einer ist ein bisschen wehleidig, sagte:
»Au-au, mein Zeh!«, »Au-au, mein Rücken!«
Nummer 2: »Nun sei doch still!«

»Tatsächlich!«, sagte der Sheriff. »Billie – ich bin beeindruckt! Dir verdanken wir die erste heiße Spur in diesem Fall. Bestimmt kommen wir über diese kleinen Ganoven dem internationalen Drahtzieher auf die Schliche.«

»Och«, sagte Billie, »hat doch Spaß gemacht.«

Die Tür ging auf und eine Polizistin trat ein. »Im Lieferwagen konnten wir keine Spuren finden, da hat jemand gründlich gesaugt. Nur das hier war in eine Ritze zwischen Ladefläche und Seitenwand gerutscht. Hat vielleicht mal ein Kind vergessen.« Sie hielt eine bunte, flache Blechfigur hoch.

»Die Gartenfee …«, flüsterte Billie. »Die GARTENFEE! Herr Hildebrandt, die gehört Doro Ahlhorn! Die hing in einem geklauten Baum, in dem geklauten Garten!«

Der Sheriff guckte zwischen Billie und der Mädchenfigur mit Springseil hin und her. »*Das* ist die

Gartenfee? Mein lieber Johnnie! Und sie hing in einem geklau-, eh, in einem der Bäume, die bei den Ahlhorns gestohlen worden sind?«

Billie nickte. Sie hatte ihren Fall gelöst! Sie musste unbedingt sofort die kleine Doro anrufen.

»Das ist ja großartig!«, sagte der Sheriff. »Damit haben wir die Brüder. Da können sie sich nicht mehr rausreden. Billie! Du ...«

»Ich muss mal dringend –«, begann Billie.

»Auf dem Flur, zweite Tür rechts«, sagte die Polizistin.

»Nein«, sagte Billie. »Dringend telefonieren.«

*Die Geheimbotschaften
und ihre Auflösungen*

Seite 46:
Doris – gegrillter Rotbarsch? Oben das Kuddelmuddel für das vergammelte Telefonbuch – Zum Fressen – Eher schaumig?? Verkrümle dich mit acht Hühnern an der Hundehütte – Es lebe – die Ratte Hannibal

Hallo, Billie! Hier der Code für die neue Geheimschrift. Zum Üben. Sehr geheim!! Treffe dich um 5 am Gartenhaus. Tschüs, Loreley

***

Seite 94–95:
Elisabeth-Marie – panierter Rotbarsch? Weiche Nuss? Skelette vom Überfisch und so weiter im Inphitermatnet – Zitrone habe ich im Katzenklo gefunden: Die unwilden Überhühner – Seibumte

4phi4 – Eher monolustig? Bin mit 7 Hühnern zurück – Es lebe – die Ratte Rudolf

Hallo, Billie! Gute Nachricht! Fotos vom Fisch und so weiter im Internet. Adresse habe ich im Buch versteckt: Die wilden Hühner, Seite 44. Sehr lustig! Bin um 4 Uhr zurück. Tschüs, Loreley

***

Seite 107:
Resi – gekochter Rotbarsch? Vermeybumers von der Viezeimattung in Timbuktu gurgelt – die karierte Antwort ist – woher wussten die Krümelmonster – in welchen Schubladen Sonnenhühner und so was sind!!! Es lebe – der Flusskrebs Peter

Hallo, Billie! Meyers von der Zeitung in Rabenstein sagt, die große Frage ist, woher wussten die Verbrecher, in welchen Gärten Sonnenuhren und so was sind??? Tschüs, Tim

Die Geheimschrift

Satzzeichen: . , = –   ! = ?   ? = !
am Anfang der Botschaft: *irgendein Mädchenname, aber nicht die von uns*
Hallo: *gegrillter, gebratener, panierter usw., nicht immer dasselbe Wort nehmen, ist sonst zu auffällig; jedes Mal als zweites Wort einer Botschaft!!*
am Ende: *irgendein Jungenname, aber nicht Tim*

wirkliches Wort		*Geheimwort*
abends	=	*geschwind*
Adresse	=	*Zitrone*
anrufen	=	*rülpsen*
Auto	=	*Suppenschüssel*
Autowerkstatt	=	*Suppenschüsselschrank*
Billie	=	*Rotbarsch*
Botschaft	=	*Nuss*

Brief	=	*Schraubenschlüssel*
Buch	=	*Katzenklo*
Bücherburg	=	*Schatzinsel*
der Code	=	*das Kuddelmuddel*
Detektivbüro	=	*Aquarium*
eilig	=	*dösig*
Fahrrad	=	*Rakete*
finden	=	*verstecken*
Foto	=	*Skelett*
Frage	=	*Antwort*
Garten	=	*Schublade*
Gartenhaus	=	*Hundehütte*
gefährlich	=	*sehr säuerlich*
geheim	=	*schaumig*
Geheimschrift	=	*Telefonbuch*
gehen	=	*schwimmen*
große	=	*kariert*
gut	=	*weich*
Haus	=	*Raumschiff*
hier	=	*oben*
hören	=	*riechen*
lesen	=	*putzen*
Loreley	=	*Ratte*
Marktplatz	=	*Mond*

morgens	=	*langsam*
Nachricht	=	*Nuss*
nachts	=	*schnell*
neu	=	*vergammelt*
Rabenstein	=	*Timbuktu*
sagen, sprechen	=	*gurgeln*
schnell	=	*laut*
schreiben	=	*schnitzen*
sehen	=	*mampfen*
sehr	=	*eher*
Sheriff	=	*Ketchup*
Straße	=	*Kanal*
Tim	=	*Flusskrebs*
treffen	=	*verkrümeln*
tschüs	=	*es lebe die/der*
üben	=	*fressen*
Uhr	=	*Huhn*
um ... Uhr	=	*mit ... Hühnern. Zahl plus 3 (5 Uhr = 8 Hühner)*
Verbrecher	=	*Krümelmonster*
Verdächtiger	=	*Kellner*
verstecken	=	*finden*
Vorsicht	=	*Gelächter*
warten	=	*Kaugummi kauen*

Worte, die im Code fehlen, benutzen, wie sie sind, aber eine Silbe wie ver, ab, un, über, mono, phi, mat, bum anhängen, voranstellen oder mittenrein tun. Zum Beispiel: Bahnhof = *Überbahnphihofun;* Lesezeichen = *Unleseabzeichen;* Herr = *herüberr* oder *monoherrphi*

UEBERREUTER

Eine pfiffige Agentin für ganz besondere Fälle

Aber Monster und Geister gibt es doch gar nicht, oder? Doch Nelly Rapp weiß es besser, denn sie macht eine Ausbildung zur Monsteragentin. Ihre erste Aufgabe ist es, einen Vampir zu überlisten und unschädlich zu machen. Für Nelly Rapp kein Problem. Geschickt lockt sie den gefährlichen Vampir in eine Falle.

Ein Frankenstein-Monster treibt in der Stadt sein Unwesen! Monsteragentin Nelly Rapp soll es unschädlich machen. Allerdings können diese Monster sehr grausam sein und angeblich essen sie sogar Hunde. Zum Glück rührt das Frankenstein-Monster Nellys treuen Hund London nicht an. Steckt vielleicht doch ein guter Kern in ihm? Nelly Rapp schmiedet einen gewagten Plan.

Martin Widmark
Monsteragentin Nelly Rapp
Band 1:
Die Monsterakademie
88 Seiten
€ 6,95 / sFr 12,90
ISBN 3-8000-5196-6

Martin Widmark
Monsteragentin Nelly Rapp
Band 2:
Das Frankenstein-Monster
80 Seiten
€ 6,95 / sFr 12,90
ISBN 3-8000-5249-0

Ein dicker Hund!

Gesine Schulz
Fernando ist futsch
160 Seiten
Taschenbuch
ISBN-13: 978-3-551-36420-3
ISBN-10: 3-551-36420-6

So etwas hat Privatdetektivin Billie Pinkernell noch nicht erlebt: Der dicke Hund Fernando wurde entführt und der Täter fordert doch wirklich ... nein – kein Geld! –, sondern dass der Hund endlich weniger Futter bekommt. Er scheint ein echter Tierfreund zu sein, denn er will Fernando erst zurückgeben, wenn er und sein Frauchen abgespeckt haben. Wer wohl dahintersteckt? Billie hat auch schon einen ersten Verdacht ...

CARLSEN
www.carlsen.de